이제는 나도 엄마가 되고 싶어

이제는 나도
엄마가 되고 싶어

윤은주
지 음

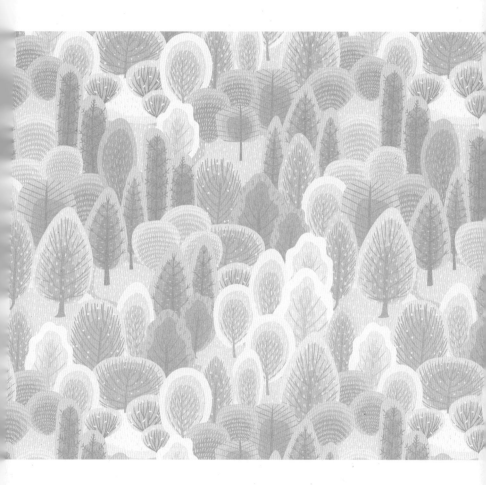

홍익출판 미디어그룹

차
례

1부

**망설이고
있나요?**

2부

**준비하고
있나요?**

우리의 모든 삶은 언어에 의해 영향받고 있다고 해도 과언이 아닙니다. 예로 '엄마'라는 단어에서 무엇인가 따뜻하고 어떠한 떼부림에도 무조건적인 수용이 떠오른다면, '어머니'라는 단어에는 이보다 좀 더 예의를 갖추고 존경심이 전제된 행동을 보여야 할 것 같은 생각이 듭니다. 그것은 아마도 우리 삶 속에서의 경험이 알게 모르게 그 단어에 대한 어떤 태도를 만들었기 때문인 것 같습니다.

'난임'이라는 단어도 그러합니다. 말 그대로 임신이 어려움. 실제 이를 경험하지 못한 사람이라도 이 단어 앞에서는 위로와 격려를 아끼지 않는 말과 행동을 하게 됩니다. 왜 그럴까요? 아이를 기다리고 있으나 임신이 쉽지 않은 부부의 간절함, 노력, 낙심 등등의 안타까운 과정을 알기 때문에 힘을 보태주고 싶은 마음이 들기 때문입니다. 그리고 한편으로는 혹여 힘든 마음에 상처를 줄까 봐 말과 행동을 조심하게 됩니다.

실제 난임 부부들은 가족과 지인들의 격려가 힘이 되기는 하지만, 난임을 극복하고 원하는 결과를 얻기 위한 의료적인 과정과 이를 겪을 때의 심리적인 어려움을 극복하는 구체적인 가이드는 없기에, 모래

사막에서 바늘 찾는 심정으로 이 과정들을 각자 헤쳐나갑니다. 그래서 그 과정이 더 힘들게 느껴집니다.

이 책의 저자도 난임의 상황에서 아이를 만나기까지의 지난한 세월 동안에 수많은 맘 카페와 병원 홈페이지를 방문하여 정보를 얻는 힘든 과정을 겪었기에, 난임의 수용에서 출산에 이르는 모든 과정 속속들이 구체적인 설명이 같은 상황의 모든 분들에게 하나의 나침반 역할을 할 수 있으리라 기대합니다. 특히 저자는 상담심리사이며 가족상담전문가입니다. 그래서 의료적인 과정뿐 아니라, 그 과정 속에서 롤러코스터를 타듯 하는 심리적 어려움이 어떤 것이며 이에 어떻게 대처하였던 것이 도움이 되었는지를 구체적인 상담 방법으로 설명하고 적용할 수 있게 안내하고 있기에 더욱 유용합니다. 그리고 이 모든 설명은 저자의 따뜻한 마음과 시각에서 기술되었기에, 이를 읽는 모든 분들은 이미 마음의 위로와 공감을 받을 수 있으리라 확신합니다.

모든 개인은 각자의 다양한 어려움을 극복할 수 있는 힘과 자원이 있습니다. 이를 자신의 삶에서 어떻게 구현하며 적용할 수 있는지 독자들이 발견하고 나눌 수 있는 기회가 되기 바랍니다.

연세대학교 생활환경대학원 가족상담전공 객원교수
연세솔루션상담센터 공동대표 어주경

독백

난임을 초대하다

나는 상담사이자 한 아이의 엄마다.

12년간의 난임을 겪었고 결혼 13년 만에 늦둥이 딸을 만날 수 있었다.

나에게 난임이란 끝이 없는 터널과도 같았고 도저히 빠져나올 수 없는 미로 같았다. 대체 이 터널의 끝은 있기는 한 걸까? 어떻게 해야 이 답답하고 비좁은 미로를 빠져나갈 수 있을까?

묻고 또 물었다.

이 글을 쓰고 있는 지금도 그때 느꼈던 답답함과 막막함이 올라온다. 숨 고르기가 필요한 순간이구나를 알아차린다.

오늘은 내 인생에 끝이 없는 터널이자, 도저히 빠져나갈 수 없는 미로 같았던 난임을 초대해 본다.

결혼 후 나에게 불쑥 찾아왔던 난임, 그런 난임을 외면했던 나, 인정하고 싶지 않은 마음에 자연임신을 기다리며 회피의 8년을 보냈다. 그런 난임에게 오늘은 내가 먼저 손을 내밀어 본다.

상담의 한 장면처럼 내 앞에 앉아 있는 난임. 초대는 했지만 차 한 잔도 내놓고 싶지 않은 마음이다. 막상 용기를 내어 마주 앉아 있지만 여전히 반갑지는 않구나를 알아차린다.

그렇게 한참을 마주해 본다. 그저 아무 말 없이 바라볼 뿐이다.

오랜 침묵이 흐른다.

내 안에서 많은 감정들이 느껴지려던 순간, 어디선가 "많이 힘들었지?"라는 울림의 소리가 들린다. 내 내면의 소리인 줄 알았다. 하지만 아니었다. 믿기지 않지만 난임이 나에게 건네는 소리였다.

그 순간 눈물이 핑 돈다.

내 삶으로 불쑥 들어온 무법자 또는 훼방꾼 같았던 존재이자 천덕꾸러기. 나한텐 그런 존재였는데, 넌 이미 이런 나의 마음을 알고 있었구나……. 그제서야 차 한 잔을 권하고 싶은 마음이 올라온다.

"차 한 잔 마실래?"

프롤로그

난임이라는 숲에 홀로 서 있는 당신에게

나는 지금 지난날의 난임과 마주 앉아 있습니다. 내 인생의 힘든 시간이었고 그래서 다시 꺼내보고 싶지 않은 시간들이었습니다. 하지만 상담사로서 이 시간을 그냥 지나치면 안 되겠다는 생각이 들었습니다. 상담사인 나로서도 난임의 길은 너무 외롭고 막막하고 몸도 마음도 많이 아팠습니다. 그래서 그 길에 서 있는 누군가의 외로움과 막막함에 손을 내밀어 주고 싶다는 생각이 들었습니다.

누구보다 나를 걱정하고, 더 마음을 졸이며 그 과정을 지켜볼 수밖에 없는 사랑하는 남편과 가족들이 있습니다. 하지만 난임의 길은 오롯이 여자인, 나의 몫인 것 같았습니다. 차가운 시술대에 올라가는 것도, 약을 먹고 주사를 맞는 것도, 결과를 기다리며 그 시간을 온전히 지켜내는 것도 나의 몫이었습니다. 그 과정이 너무 아프고 무서웠습니다. 남들은 너무나도 자연스럽게 갖는 아이를 나는 왜 이런 과정을 거쳐야만 하는지 도저히 납득이 되지 않았습니다. 그리고 이렇게 해서라도 반드시 아이가 온다는 보장만 있다면 더한 고통도 능히 감당할 수 있을 것 같았습니다. 하지만 그 누구도 결과를 장담할 수 없기에 더더욱 아이는 우리의 영역이 아니라고만 생각했습니다.

그래서 더 자연임신을 기다리고 매달릴 수밖에 없었습니다. 결혼 8년의 시간 동안 난임을 회피하면서 자연적으로 주어질 아이만을 기다렸습니다. 하지만 초연하게만 기다리던 마음은 점점 초조함으로 변해갔습니다. 어느 날부터 아침마다 기초체온을 재기 시작하였고, 배란테스트기를 써가며 노력했지만 한 달에 한 번씩 꼭 실패를 맛보았습니다. 제 문제를 똑바로 보지 못했기 때문에 문제를 제대로 풀 수가 없었다는 것을 후에야 알게 되었습니다.

실패를 거듭하며 나에게 묻고 또 물었습니다. 진짜 아이를 갖고 싶은 건지? 아이가 없이 사는 삶이 우리 부부에게는 어떨지를 고민했습니다. 고민이 깊어지고 나에 대한 물음들이 많아질수록 나의 욕구와 감정은 더욱 분명해졌고 '나도 아이가 있었으면 좋겠어. 남편과 나를 닮은 우리의 아이가 있었으면 좋겠어. 이제는 나도 엄마가 되고 싶어'라는 내면의 소리들이 선명하고 강하게 들려왔습니다. 그 알아차림만으로도 힘을 낼 수 있었습니다. 막연하게 아이를 기다리던 것에서 분명하고 확실해진 내 욕구에 따라 무언가를 해보자라는 생각으로 바뀌었으니까요.

그렇게 저는 시험관에 뛰어들었습니다. 무슨 자신감이었는지 한 번에 될 줄 알았던 것이 5번의 채취 과정과 7번의 이식을 거쳐서야 아이를 만날 수 있었습니다. 그 과정에서 계속되는 착상 실패와 화학적 유산, 복수로 인한 응급실행, 그리고 시술 과정에서 커져버린 자궁의 혹 제거를 위한 수술까지 받아야만 했습니다. 그야말로 험난한 과정의 연속이었습니다. 그 과정에서 어느 날 힘들어하는 제 자신이 보였습니다. 아이를 갖기 위해 몸부림치고 있는 몸도 마음도 상처투성이가 된 내 모습이었습니다. 그저 마음으로 꼭 안아주며 지켜줄 수밖에 없었습니다. 스스로에게 묻고 답하고, 쓰고 그리기 시작했습니다. 어떻게든 벗어나고 싶었습니다. 그것이 아이든, 아니면 둘만의 자유로운 삶이든 나를 옴짝달싹 못하게 하는 난임이라는 것으로부터 벗어나고 싶었습니다. 지금 여기에서 내가 아이를 갖기 위해 최선을 다한다면 후에 아이가 없는 삶도 충분히 받아들일 수 있을 거라는 확신도 갖게 되었습니다. '그래~ 이렇게까지 했는데 여기서 무엇을 더 할 수 있겠어? 그동안 할 만큼 했어. 이만큼 했으면 됐어. 이제 그만하자. 이번 차수가 마지막이야'라는 마음과 함께 더 이상의 후회도, 미련도 없었습니다. 그렇게 임했던 마지막 7번째 이식에서 임신이 되었습니다.

힘든 난임의 과정이었지만 그 안에서 나를 지켜주고 버티게 해준 나 자신을 만날 수 있었습니다. 스스로를 안타까워하고 보살피다 보니 나의 내면은 더욱 건강하고 자유로워질 수 있었습니다. 결국 난임 기간을 통해 상담사인 내가 스스로를 내담자 삼아 돌보는 법을 적용하고 실천하게 된 것입니다. 이제는 그 방법을 나눌 수 있는 용기가 생겼습니다. 혹시 지금 앞이 안 보이고 어디로 가야 할지 모르는, 난임이라는 숲에 홀로 서 있나요? 그렇다면 앞서 걸어가 본 이로써 당신의 손을 꼭 잡아주고 싶습니다.

2022년 1월
난임이라는 숲을 앞서 걸어가 본 이, 윤은주

1부

망설이고 있나요?

01

망설임의 이유들 – 그중 회피

....

지금 이대로도 좋아

2007년, 서른 살이 되는 해 2월 10일에 결혼을 했다. 결혼을 하면 당연히 아이가 생기는 줄 알았다. 2, 3년간은 신혼을 즐기고 싶은 마음도 있었지만 결혼한 부부에게 아이는 너무 자연스러운 것이라 생각했기에 아이에 대한 고민은 전혀 없었다. 자유롭게 신혼을 즐기고 싶은 마음과 그래도 언젠가는 올 아이를 기다리는 마음, 이 두 마음 사이를 왔다 갔다 하면서 결혼 생활은 즐겁고 자유로웠다. 그렇게 자유로움을 만끽하며 일과 공부, 취미생활에 심취했다.

그런 생활에 익숙해지자 그냥 '아이 없이 둘만 살아도 좋겠다'라는 생각까지 들었다. 그만큼 그런 자유로움이 좋았다. 누군가 아이에 대해 물으면 "지금 아이가 생겨도 감사, 안 생겨도 감사해요" 하며 쿨~ 하게 대답했고 이때는 이게 맞았다.

하지만 시간이 지날수록 우리보다 늦게 결혼한 부부들에게 아이가 생기고, 몇몇 친구들은 학부모가 되기 시작했다. 둘째를 임신한 친구는 나에게 미안하다며 임신 소식을 전했다. '왜 나에게 미안하지? 임신은 너무 축하할 일이고 축복받은 일인데 왜 나한테 미안하다고 하지…….' 의아함 끝에 뭔가 모를 속상함이 시작되었다.

해를 거듭할수록 더해지는 나이와 함께 내가 만끽했던 자유로움은 허전함과 외로움을 동반하기 시작했다. 정말 이렇게 둘이서만 계속 살아도 될까에 대한 질문을 스스로에게 하기 시작했다. 남편과도 아이에 대한 이야기들을 하기 시작했다. 그럴 때면 남편은 "우리에게 아이가 생겨도 좋겠지만, 난 아이 없이 이렇게 사는 것도 좋아"라며 항상 똑같은 대답으로 결론을 냈다.

남편의 이 말이 나에게 왠지 모를 위안과 안심을 주었다. 나도 지금의 일과 공부를 포기하고 싶지 않았기에 아이에 대한 생각은 다시 내 마음 한편에 접어두고 더욱 내 생활에 집중했다.

애써 외면

게슈탈트* 집단상담 시간. 그림상황 카드를 보며 알아차림 훈련을 하는 날이었다. 하나의 그림상황 카드가 내 눈에 들어왔고 내 마음도 이미 그 그림에 머물고 있음을 알아차린다. 바닷가에서 석양을 바라보고 서 있는 한 여인의 뒷모습. 긴 머리카락이 바람에 휘날리고 있지만 그 여인은 그저 석양이 지는 먼 바다를 바라보며 서 있을 뿐이다. 그런데 나는 그 그림에 한참 동안 눈이 갔고 마음이 머물고 있었다. 여인의 모습은 외롭고 슬퍼 보였다. 주위는 고요하고 적막하기까지 했다. 이 감정을 알아차리는 순간 나는 이미 알고 있었다. 이 외로움과 슬픔이 어디에서 오는 것인지를. 하지만 나는 애써 외면하며 아이에 대한 마음을 펼치지 않는다.

내 안의 상담사가 조용한 시간 나에게 묻는다.

내 안의 상담사　아이를 갖고 싶은 마음이 접혀져 있구나?

나　그러게. 접혀져 있네.

내 안의 상담사　그 마음을 펼치고 싶지는 않아?

---

* Gestalt, 자신의 욕구나 감정을 하나의 의미 있는 전체로 조직화하여 지각하는 것.

20

나	응, 아직은.
내 안의 상담사	그래, 만약 그 마음이 펼쳐진다면 어떤 일이 생길 것 같아?
나	음……. 그 마음이 펼쳐지면 내가 지금 하고 있는 것들을 못할 것 같아. 일도 쉬어야 할 것 같고 공부도 멈춰야 할 것 같아. 그리고 그것들보다는 난임 병원을 가야 할 것 같은데 나는 그게 너무 싫어. 병원 자체도 너무 싫어하는데 난임 병원이라니! 너무 무섭고 두려워. 비용도 많이 들고, 여자가 너무 힘들다는데……. (침묵) 다들 아이가 생기잖아. 나도 그렇게 자연스럽게 아이를 갖고 싶어. 자연스럽게 남들처럼. 그냥 조금 더 기다려 볼래. 사람한테는 다 때가 있다니깐 아이도 그때가 되면 오지 않을까? 아직 때가 아닌가 봐. 임신에 좋다는 것도 많이 먹고, 운동도 하고 있으니 나에게도 조만간 아이가 오지 않을까?

그래도 자연임신이면 좋겠어

신혼 초 받았던 산전 검사는 별 이상이 없었다.

"엽산은 꼭 챙겨 먹어."

"임신하기 전 치과 치료는 꼭 받아두고. 아이 낳을 때 이 다 망가지니깐."

"아이 생기면 둘만의 시간이 없으니 여행도 자주 다니고, 지금 둘만의 시간을 즐겨."

아이가 생긴다는 전제로 들었던 수많은 이야기들 속에서 나에게도 다른 부부들처럼 선물같이 올 아이를 기다리고 있었다.

그런데 어디에서부터 잘못된 걸까? 아무리 기다려도 자연스럽게 오지 않는 아이. 이제는 마중을 나가야 하나? 아니면 더 기다려야 하나? 왜 다른 부부들처럼 자연스럽게 나에게 오지 않는 걸까? 주위를 둘러보아도 다들 너무 자연스럽게 생긴 아이들뿐인데……. 건너 건너 듣게 되는 시험관 임신은 나랑 상관없는 듯 여겨졌고 들리지 않았다.

하지만 조심스럽게 건네는 주변 사람들의 난임 병원 이야기에 조금씩 마음이 흔들리기 시작했다. '그래, 검사라도 한번 받아볼까?'라며 집에서 가장 가까운 난임 병원으로 예약을 했다.

드디어 병원에 첫발을 내딛고 검사를 통해 나의 난소 나이와 남편의 정자 상태에 대한 결과를 듣게 되었다. 나는 다낭성난포증후군, 난소 나이 26세. 남편은 정자 모양과 운동성이 떨어진다는 결과가 나왔다. 의사는 우리 부부에게 인공수정을 권했다. 하지만 예상외로 나쁘지 않다는 결과로 받아들였는지 우리는 다시 자연임신을 시도해 보기로 했다. 여러 차례 시험관 시술로도 임신이 안 됐었는데, 어느 날 자연스럽게 임신이 되었다는 출처도 알 수 없는 자연임신 성공담은 곧 우리의 이야기가 될 것 같았고 그렇게 믿고 싶었다.

자연임신을 하기 위해 유기농 매장을 이용했고, 화장품도 천연으로, 생리대도 면 생리대로 다 바꾸었다. 인스턴트 음식은 거의 안 먹었으며, 커피는 좋아해서 끊을 수 없어 마시는 양을 줄였지만 그래도 마실 때 마다 죄책감과 함께했다. 배란테스트기를 사용하여 날짜를 맞추고, 아주 작은 증상에도 온 신경을 곤두세워 혹시 이번 달은 나에게 오지 않을까 하는 희망고문이 시작됐다. 하지만 여지없이 생리가 나왔고 나는 그렇게 한 달에 한 번씩 꼭꼭 실패를 맛보았다.

Self counseling 1

난임* 시술을 망설이는 이유는 개인마다 다르겠지만 여러 가지가 있을 수 있습니다. 신체가 건강하니 자연임신을 기다릴 수도 있고, 아직 부모가 될 마음의 준비가 안 되었을 수도 있습니다. 그리고 난임 병원에 대한 심리적 장벽도 한몫을 할 수 있습니다. 병원 시술에 관한 두려움과 시간 확보 그리고 비용까지 생각한다면 정말 아이를 갖고 싶다는 욕구가 크지 않은 이상 도전하기가 쉽지 않습니다.

제가 그랬습니다. 신체가 건강하니 자연임신을 기다렸고, 둘만의 신혼을 만끽하다 보니 아이를 갖고 싶은 마음보다는 내 일, 내 공부가 우선시 되었습니다. 그리고 막연하게 '아이가 있었으면 좋겠어. 언제든 환영이야~'라고는 했지만 한편으로는 아이가 생기는 것이 두렵고 무섭기도 했습니다. '그

---

* 난임은 건강한 남녀가 정상적인 부부관계에서 1년이 지나도록 임신이 되지 않는 경우를 의미한다(국가법령정보센터, 2020).

소중한 인격체를 내가 엄마로서 잘 양육할 수 있을까? 한 아이를 키우려면 온 마을이 필요하다는데 그 일을 과연 내가 잘 해낼 수 있을까?'

그동안 무수히 만나 왔던 내담자들 대부분은 원가족과의 관계, 특히 부모와의 관계에서 받았던 상처와 갈등들로 아파했습니다. 부모가 의도치 않게 주었던 상처들 때문에 괴로워하며 자신의 날개를 제대로 펴지 못했습니다. 그 아픈 마음이 회복되기까지 많은 눈물과 회복의 과정이 필요했습니다. 그렇기 때문에 부모가 된다는 것, 엄마가 된다는 것에 더욱 신중에 신중을 기했던 것도 사실입니다.

그래서 더욱 난임 병원을 가는 것이 쉽지 않았습니다. 자연적으로 아이가 주어진다면 최선을 다해 어떻게든 키워내겠지만 양육에 대한 자신감도 없는데 아이를 갖겠다고 선택하고 뛰어드는 것 자체가 쉽지 않았습니다. 아이는 그냥 때가 되면 주어지는 선물이라고만 생각하며, 그때가 되면 나도 그에 맞게 더욱 성장이 되어 있겠지라는 안일한 생각으로 지냈습니다.

정상적인 부부관계에서 1년이 지나도록 임신이 되지 않았다면 난임을 생각해 봐야 합니다.

아이를 원하지만 막연하게 자연임신이 되기를 기다린다면 시간은 물 흐르듯이 지나가 버립니다. 그 기다림 속에서도 얻게 되는 부부만의 소소한 기쁨과 자유로움이 있지만 아이를 진정으로 기다리고 원한다면 적극적인 방법을 시도해 보길 권해드립니다. 먼저 마중을 나가보는 것도 좋은 방법이라고 생각합니다.

- 혹시 지금 난임 병원 가는 것을 망설이고 있나요? 적극적인 시술을 하는 것을 망설이고 있나요?

- 망설이고 있다면 무슨 이유인가요?

- 망설이고 있는 자신에게 해주고 싶은 말이 있나요? 있다면 무
  슨 말인가요?

- 그 말을 쓰고 난 느낌이 어떤가요? 새롭게 드는 생각이나 느낌
  이 있나요?

02

직면 - 맞닥뜨림

....

아이를 갖고 싶은 마음은 몇 점이야?

대학원 수업이 있던 어느 날, 늦은 저녁을 먹으며 그날 배웠던 해결중심 상담 척도 질문*을 남편에게 무심히 던졌다.

"자기는 아이를 갖고 싶은 마음이 몇 점이야? 10점 만점에 딱 떠오르는 숫자를 말해봐."

남편은 잠시 머뭇거렸다.

"딱 떠올랐잖아? 그냥 생각나는 숫자를 말해봐."

남편은 대답했다.

---

* 1점부터 10점까지의 척도 위에 내담자가 인식하는 문제의 정도, 해결 가능성, 상담의 진전 정도를 숫자로 표시하도록 질문하는 기법.

"8."

나는 눈이 휘둥그레졌고, 머리를 망치로 얻어맞은 기분이었다. 항상 '아이 없이 이렇게 우리 둘이 사는 것도 좋아'라는 말을 입에 달고 살았던 남편이었다. 그런 남편의 입에서 8점이라는 답이 나오다니 나는 놀라지 않을 수 없었다.

"8점?! 8점이라고? 8점이면 아이를 가져야지! 아이를 갖고 싶은 거잖아!"

머리가 멍했고, 이름 모를 감정이 올라오려던 순간, 남편도 나에게 똑같이 묻는다.

"어~ 나? 음……, 나는 6점."

그 말과 동시에 나도 알아차린다. '아, 나도 아이에 대한 마음이 있구나. 갖고 싶구나.'

항상 아이 없이 이렇게 우리 둘이 사는 것도 좋다고 이야기했던 남편. 그 말에 동조하며 굳이 지금의 일과 공부, 자유를 포기하고 싶지 않았던 나. 하지만 남편과 나의 마음을 알고 난 후, 나는 마음이 무거워지기 시작했다. '이젠 아이를 갖도록 더 적극적으로 노력해 볼까? 이제 나이가 있으니 아이를 가지려면 서둘러야 할 것 같은데…….', '이젠 진짜 난임 병원을 가야 할까?' 37살인 나에게 현실적인 상황들이 다가오기 시작했다.

누구보다 열심히 생활했고, 그런 삶의 만족감도 있었다. 남편은
대학원을 세 군데나 다녔으며 그런 남편을 보며 나도 동기유발
이 많이 되었다. 항상 일과 공부로 바빴던 남편 그리고 나도 일
을 하며 내 생활을 하던 어느 날, 잊고 지내던 내 나이가 불쑥
떠올랐다. 여자 나이 38살, 결혼 8년 차. 그런데 아직 아이가 없
다. 여자에게는 가임 기간이 있다. 임신은 평생 되는 것이 아닌
데, 너무 상식적인 이야기였지만 나에게는 새롭게 알게 된 놀라
운 사실처럼 다가왔다. 그동안은 나의 가임 기간 자체를 인식하
지 못했구나를 알아차린다.

어느새 남편의 모습이 눈에 들어오기 시작했다. 남편은 아이
를 너무 좋아한다. 또 아이들도 남편을 많이 따른다. 오죽하면
내가 남편에게 '피리 부는 사나이'라는 별명을 지어줄 정도였
다. 어린아이들을 보면 예뻐서 눈을 떼지 못하는 남편이 왜 나
한테는 아이 없이 둘이 사는 것도 좋다고 했는지 의아해지기
시작했다. 아이를 갖고 싶은 마음도 8점이나 되는데······.
그러다 모임이 있는 날, 조심스럽게 묻는 지인들의 난임 시술
권유에 남편은 남자보다는 여자가 힘든 과정이니 하고 싶지 않

다고 말을 했다. '아, 이제 나는 정말 결심을 해야 될 때가 되었구나. 지금 임신을 해서 아이를 바로 낳는다고 하더라도 아이가 초등학생이 되면 나는 46이고, 남편은 50이다. 늦었구나.'

··

그날 내 안의 상담사를 만난다

내 안의 상담사 지금 마음이 어때?

나 복잡해. 짜증도 나고……. 남편은 항상 지금처럼 아이 없이 둘이 사는 것도 좋다고 했었는데 나는 그 말을 철석같이 믿었었고, 그런데 그게 아니었던 거잖아?

내 안의 상담사 남편은 그동안 아이를 갖고 싶은 마음을 숨겼던 거야?

나 아니 그건 아니고, 자기 마음을 본인도 잘 몰랐던 것 같다구. 지금 이렇게 둘이서 사는 것도 좋았대. 그런데 내가 아이를 갖고 싶은 마음을 척도 질문으로 구체적으로 물으니 8이라는 숫자가 떠올랐다고, 솔직히 자신도 놀랐대.

내 안의 상담사 남편도 많이 당황스러웠을 것 같아. 척도 질문을 통해 자신도 몰랐던 마음을 알게 된 거네.

나 그런 것 같아. 그런데 그냥 지금 이 상황들이 나는 너무 복잡하고 한심해. 그동안 대화를 많이 한다고 생각했는데 진짜 마음도 모르고, 아이 없이 둘이 사는 것도 좋다는 말을 철석같이 믿고 있었으니……. 나이만 들었지 제대로 된 게 없는 것 같아.

내 안의 상담사 그래, 많이 복잡할 것 같아. 그런데 이젠 어때? 스스로도 아이를 갖고 싶어? 지난번 아이를 갖고 싶은 마음이 6점이었는데 지금도 그래?

나 나? 나는 음……. 지금은 7점.

내 안의 상담사 7점? 지난번보다 1점이 올랐네. 어떻게 7점이 된 거야?

나 이젠 아이가 있었으면 좋겠다는 생각이 많이 들어. 집이 너무 조용한 것도 싫고, 모임에서 다들 아이들을 데리고 오는데 나만 없어. 그리고 무엇보다 남편이 아이를 원한다는 것을 알았으니깐 노력을 해서라도 갖고 싶어. 남편에게 아이를 선물로 주고 싶어.

내 안의 상담사 남편을 위해서 아이를 갖고 싶은 마음이 커진 거네.

나 남편이 아이를 너무 좋아해서 아이가 생기면 너무 좋아할 것 같아. 이젠 난임 병원을 가야겠어.

내 안의 상담사 그럼 스스로는 어떤데? 자신을 위해서는?

나는 내 안의 상담사의 말을 끝까지 듣지 않은 채 난임 병원을 알아보기 위해 대화에서 나와버렸다.

Self counseling 2

'직면'이라 하면 맞닥뜨리다, 화들짝 놀라다 같은 말들이 생각납니다. 내가 맞다는 신념을 가지고 여기까지 왔는데 결국 넘지 못할 장벽과 마주하는 느낌, 참담하고 암담함까지 느껴집니다. 하지만 이 감정들은 마주하고 나면 그동안 보이지 않았던 것들이 보이는 마법 같은 회피기제 중 하나인 것 같습니다. 결국 내가 맞닥뜨릴 수밖에 없었던 난임이라는 현실, 그 현실에 당황하지 않을 수 없었지만 그제서야 보이기 시작하는 것들이 있었습니다. 결혼기간, 나이, 지금 만약 아이가 생긴다 해도 나는 이미 나이 많은 엄마……. 이제는 도망가려 해도 도망갈 수가 없었습니다.

이제는 우리 부부가 아이를 진정으로 원하는지 알아야만 했습니다. 그냥 이렇게 무작정 기다리기만 하면서 아무것도 안 하고 나의 시간들을 흘려보내는 것은 아니라는 생각이 들었습니다. 제가 상담과정에서 주로 쓰는 질문이 있습니다. 내담자의 문제의 정도나 주관적인 감정과 느낌의 정도 등을 구체화시킬 때 자주 사용하는 것이 척도 질문입니다. 우리 부부에게 이 질문을 적용하게 되면서 아이를 갖고 싶다는 욕구가 선명하게 드러나기 시작했습니다.

척도 질문은 해결중심 상담에서 해결책 구축을 위한 질문기법 중의 하나입니다. 1점부터 10점까지의 척도 위에 내담자가 인식하는 문제의 정도, 해결 가능성, 상담의 진전 정도를 숫자로 표시하도록 질문하는 기법입니다.
사람들의 감정과 느낌의 정도는 주관적이라 실제 객관적으로 드러내는 것은 매우 힘든 일입니다. 이런 감정과 느낌을 좀 더 명확하고 현실적으로 설명할 수 있도록 구체화시키는 질문기법입니다. 숫자를 사용하여 내담자가 현실적이며 구체적으로 생각을 정리하고, 점수의 근거를 구체적인 행동으로 제시하고, 자신의 구체적 기대와 목표, 성장과 변화의 상태를 확인할 수 있도록 돕는 것입니다.[*]

---

[*] 《해결중심단기치료》(정문자 외 4명 공저, 2013, 학지사).

- 1부터 10까지 있는 척도에서 현재 아이를 갖고 싶은 마음이 몇 점인가요? 딱 머릿속에 떠오르는 숫자를 적어보세요(배우자에게도 해보세요).

- 그 이유는 무엇일까요? 구체적으로 5가지 이상 적어보세요.

- 지금까지 아이를 갖기 위해 노력한 것은 몇 점 정도 되나요? 그 이유도 5가지 이상 적어보세요.

- 자신에게 척도 질문을 한 후에 새롭게 드는 생각이나 느낌이 있나요?

2부

준비하고
있나요?

03

첫발을 내딛다

합의

나만 난임 병원 가는 것을 결심하면 바로 난임 관련 시술을 할 수 있을 것이라고 생각했다. 하지만 복병이 나타났다. 바로 남편이다. 남편은 난임 병원에서 시술하는 것 자체를 거부했다. 지난번 난임 병원을 갔을 때는 한번 검사라도 받아보자는 마음이었지 정말 시술까지 하고 싶지 않다고 극구 거부했다. 나도 난임 병원을 가기로 마음먹기까지 너무 힘들었는데 이제는 남편까지 설득을 해야 한다니. 생각지도 못한 또 하나의 산, 남편이라는 산과 마주할 수밖에 없었다.

남편의 난임 시술 거부 이유는 한결같았다. 여자인 내가 힘든 것이 싫다는 것이다. 계속 똑같은 말들이 오가던 어느 날, 나는 더 이상 나이도 있고 아이 갖는 것을 지체할 수 없다며 남편을 설득하기 시작했다.

"나 난임 시술 받는 거 괜찮아. 이제는 해야 할 것 같아."

하지만 남편의 입장은 완고했다. 결국 의견은 팽팽하게 맞섰고, 거리는 좀처럼 좁혀지지 않았다. 나는 이런 말싸움이 힘들었고 밑바닥에서부터 답답함이 올라왔다.

난임 시술을 하겠다고 이제 겨우 결심했는데……. 답답함과 막막함의 눈물이 흘렀다. 너무 팽팽했던 의견 속 남편이 말하는 것이 진짜 나를 위한 것인지 계속 되물었다.

"나는 이미 충분히 힘들어. 난임 시술조차 안 하고 시간을 물처럼 흘려보내는 게 이제는 더 힘들어."

난임 시술 과정이 힘들고 어렵다고 시도조차 하지 않는 것이 진짜 나를 위한 것이 아니라는 것을 남편에게 알려주고 싶었다. 하지만 어떠한 소통도 안 됐다. 불통이다, 불통! 내가 아는 사람이 맞나 싶을 정도로 더 이상 어떤 말도 통하지 않았다. 답답함이 크게 밀려올 때 나와 남편의 모습이 이미지로 떠올랐다. 나의 한쪽 팔이 크게 베여 있다. 뼈가 보일 정도로 깊은 상처에서는 이미 많은 피가 흘러내리고 있다. 하지만 남편은 피가 나고 있는 내 팔은 보지도 않는다. 그저 내 손가락 끝만을 보며 가시에 찔릴까 봐 전전긍긍하는 모습이었다. 아파하고 있는 나를 제대로 보고 있지 않은 남편의 모습에 절규의 눈물이 흐른다.

"나 아파! 아프다고. 나 여기(가슴을 가리키며), 여기가 너무 아파······."

그동안 마음속에만 있었던 내 아픈 마음들이 마구 튀어나오기 시작했다. 그동안 아이가 없다는 이유로 느꼈던 소외감, 어색하고 뻘쭘했던 상황들 그리고 수없이 들었던 아이에 대한 질문들과 조언으로 이미 내 가슴은 상처가 나 있었다.

남편은 한동안 말이 없었다. 한참 후 조심스럽게 말문을 열었다.

"그래, 시술하자. 병원 가자. 이정도로 아파하고 있을 줄은 몰랐어. 막연하게 아이가 안 생기는 것이 그냥 나 때문인 것도 같았어. 그래서 당신이 힘든 것을 더 겪게 하고 싶지 않았는데. 그런데 이미 많이 아파하고 있었다니······."

남편의 눈시울도 붉어진다.

"그래, 해보자."

그렇게 우리는 난임 병원에 가는 것을 겨우 합의할 수 있었다.

Self counseling 3

- 이제 적극적인 시술을 위해 난임 병원을 가기로 결심하셨나요? 그런데 혹시 저처럼 배우자가 반대를 하나요? 만약 반대를 한다면 분명 이유가 있을 거예요. 서로 솔직하게 대화를 나눠보세요.

- 상담할 때 사용하는 이미지 작업이 있습니다. 주로 부부 또는 자녀와의 관계에서 풀리지 않을 때 상대와 나를 이미지로 표현해 보게 하는 심상기법 중의 하나입니다.

  대화를 나누다가 감정이 격해지거나 벽에 부딪히는 막막함과 답답함이 올라온다면 서로 잠시 떨어져 둘의 모습을 이미지로 떠올려 보세요. 그것이 동물이든, 사물이든, 그것도 어렵다면 색깔로 표현해 봐도 됩니다. 그러면 자연스럽게 그 이미지를 떠올린 이유가 드러납니다. 눈에 보이지 않는 마음과 생각을 시각화시키면 훨씬 내 마음을 잘 전달할 수 있게 됩니다.

병원 선택

바로 난임 병원을 검색하고 알아보기 시작했다. 정보가 없으니 맘 카페를 의지할 수밖에 없었다. 생각보다 난임 병원은 많았고, 권위자들도 많았다. 우선 대표적인 난임 병원을 알아본 후, 시험관 시술에 성공한 지인들에게 정보를 구했다. 모두들 내 일인양 자세하게 알려주려 했다. 하지만 말로 표현 안 되는 것들이 그 눈빛에서 보인다. 뭔가 적극적인 시술을 하겠다고 나선 것에 대한 반가움과 잘될 거라는 격려 그리고 안타까움 등 뭔가 뒤범벅이 되어 만감이 교차하던 그 눈빛, 한동안 잊혀지지가 않았다. 경험해 본 사람만이 아는 그 무언가인 듯했다.

난임 병원을 선택하는 것은 생각보다 쉽지 않았다. 누구나 마찬가지겠지만 비싼 비용과 시간을 할애해야 하기 때문에 임신 성공률을 최대한 높이고 싶었다. 게다가 진행 중에 병원을 옮기게 된다면 모든 검사를 다시 해야 하는 경우도 있고, 냉동된 수정란이 있는 경우에는 같이 옮겨야 하기 때문에 많은 비용과 번거로움이 든다. 한번 시술을 진행하게 되면 거의 냉동된 수정란을 다 이식하고서야 다른 병원으로 옮기게 되는 것이다. 그렇다 보니 신중에 신중을 기할 수밖에 없었다.

지인들의 추천과 맘 카페에서 얻은 정보를 바탕으로 리스트를 작성했다. 대략 3군데를 정해놓고 남편과 상의하기 시작했다. 난임 시술의 역사가 있는 곳과 케이스를 많이 본 의사. 나는 이 두 가지를 기준으로 삼았다. 난임 병원의 오랜 연구와 임상 경험이 풍부하고, 배양팀 실력도 좋은 곳이었으면 했다. 그리고 케이스를 많이 본 의사, 일명 신의 손이라 불리는 명의를 찾고자 했다. 그러나 의사를 검색하면 할수록, 차갑고 무뚝뚝한 의사와 정서적인 지지를 해주는 따뜻한 의사로 나누어지는 것 같았다. 아무리 실력이 뛰어난 의사라도 차가운 말로 난임 여성들에게 상처와 긴장을 유발한다면……. 그것은 상상도 하기 싫은 일이다.

그럼 나는 어떤 선택을 해야 하는 걸까? 무뚝뚝하고 차갑지만 실력이 우선인 의사? 정서적인 지지와 따뜻함 속에서 심리적인 위안을 얻을 수 있는 의사? 난임 병원이라는 특성상 아이를 갖고 싶다는 간절함으로 방문하는 곳이기 때문에 그만큼 조심스럽고 상처가 되는 부분들은 많을 것이라고 생각되었다. 고심 끝에 나는 실력이 우선인 의사를 선택하기로 했다. 무엇보다 임신이 목적이기에 그 외의 것들은 크게 중요하지 않았다.

Self counseling 4

병원 선택은 어렵고 신중에 신중을 기할 수밖에 없는 영역입니다. 저도 처음 난임 검사는 가장 가까운 난임 전문병원에서 했습니다. 하지만 병원을 검색할수록 난임의 원인에 따라 실력이 뛰어난 의사들이 있다는 것을 알게 되었습니다. 그리고 산부인과 병원과 난임 전문병원은 다르다고 생각합니다. 난임 전문병원은 난임 전문 의사뿐만 아니라 난임 시술이 가능한 시스템과 배양팀이 있습니다. 하루에 두세 명 시술하는 병원과 수십 명을 시술하는 병원의 의료진과 의료체계는 다르다고 생각합니다.

나와 비슷한 몸 상태의 성공사례를 많이 검색해 보시길 바랍니다. 그리고 궁금한 사항들이 있다면 성공한 분들께 쪽지나 채팅으로 물어보는 것도 좋습니다. 제가 경험한 바로는 거의 다 답변을 받았습니다. 그렇게 앞서 걸어가 본 이들에게 정보를 얻는 것도 좋은 방법입니다. 내 몸 상태에 맞는 전문의가 있는 난임 전문병원을 찾아가시길 권해드립니다.

첫 방문

병원 예약을 하고 첫 방문을 하는 날이다. 출근 시간과 맞물려 있는 예약 시간에 혹시라도 늦을까 봐 조바심이 났다. 긴장되는 마음도 있었지만 그동안 마음의 준비를 해서인지 담담하고 평온했다. 다행히 늦지 않게 도착할 수 있었다. 하지만 남편과 나는 놀라지 않을 수 없었다. 주차장부터가 만차였다. 따로 준비되어 있는 예비 주차장으로 안내를 받아 주차를 했다. 평일 오전 시간이었음에도 불구하고 난임 병원에 오는 사람들이 꽤 많다는 것에 놀라지 않을 수 없었다. 그러면서 나도 이 대열에 합세했다는 뭔가 결의에 찬 마음까지 들었다.

예약 확인을 한 후 상담실에서 병원 안내와 문진을 했다. 문진을 하면서도 '내 결혼 기간이 9년이나 됐구나. 그런데 왜 이제야 병원에 왔을까?' 스스로도 민망하다. 드디어 의사를 만나기 위해 대기실로 향한다. 그런데 발걸음이 나도 모르게 조심스럽다. 난임 병원의 특성인지 아니면 산부인과의 특성인지, 너무도 깨끗하고 차분한 인테리어 그리고 조용한 분위기 때문에 엄숙함마저 느껴질 정도였다. 잔잔하게 흘러나오는 클래식 음악은 뭔가 내 기분과 맞지 않았다. 클래식 음악이 거슬린다는 생

각이 들 때쯤 나는 알아차렸다. 나는 그동안 이런 음악이 나오
는 병원을 방문해 본 적이 없었다는 것을……. 심신의 안정을
위한 난임 병원만의 배려라는 생각이 들었다. 한편으로 고마운
마음이 올라왔지만 여전히 어색하고 낯설었다.

　병원 대기실도 주차장과 마찬가지로 사람들이 많았다. 대기
실 의자도 만석이라 다른 진료실 의자에 앉아 있을 수밖에 없
었다. 모니터 속의 대기자 명단에서 내 이름은 찾아볼 수가 없
게 대기자들이 밀려 있었다. 그렇게 한 시간 이상을 기다린 후
의사선생님을 만날 수 있었다. 차갑고 무뚝뚝하다고 익히 알고
찾아왔지만 긴장되는 건 어쩔 수 없었다. 결혼 기간이 긴데 임
신이 된 적이 한 번도 없냐며 물었고, 고령이라 시험관 시술을
바로 진행하자고 했다. 군더더기 없이 간단명료했다. 진료 시간
은 대기 시간에 비하면 정말 눈 깜짝할 사이에 끝이 났다. 뭔가
정신없이 지나간 것 같은데 그것을 나눌 시간도, 마음의 여유도
없이 남편과 나는 각자의 직장으로 복귀했다.

04

진행 과정

대표적인 3대 검사(피 검사, 나팔관 조영술, 정액 검사)

시험관을 진행하기 전 여러 검사를 한다. 대표적인 것이 나팔관이 막혔는지 여부를 보는 나팔관 조영술, 그리고 호르몬 수치를 비롯해 여러 수치들을 보기 위한 피 검사, 남편의 정액 검사이다. 나팔관 조영술이 어떤 것인지 검색을 하고는 갔지만 역시 글로 읽는 것과는 달랐다. 누가 나한테 말 좀 해주지……. 첫 검사부터 충격 그 자체다. 대기를 하고 있는데 아파하는 소리가 들린다. 그 소리에 나도 모르게 귀를 막고 싶을 정도로 온몸이 같이 아프고 겁이 났다. 하지만 남들도 다 하는 건데 하며 마음의 심호흡을 했다.

드디어 내 차례다. 의사의 지시대로 눕고, 무릎을 세웠다. 내 다리 사이로 의사의 머리가 보인다. 화들짝 놀란다. 놀란 감정을 추스를 틈도 없이 의사의 살짝 불편할 거라는 말과 함께 기분 나쁜 느낌이 싸하게 내 아랫배로 퍼진다. '뻐근하다, 기분 나쁘다, 진짜 불편하다'는 감정이 느껴질 때쯤 끝이 났다. 눈물이 나오려는 것을 애써 참아본다. 시술이 아파서가 아니다. 솔직히 아픈 것은 얼마든지 참을 수 있는데 아이를 갖기 위해 이런 굴욕적인 자세로 검사를 받고 있는 지금 내 상황이 이해가 되지 않고 싫었다. 왠지 모를 서운함과 억울함이 몰려왔다. 이제 진짜 시작일 뿐인데……. 시작부터 당혹스럽다.

하지만 애써 마음을 진정하며 검사 결과를 듣기 위해 또 대기한다. 다행히 나팔관 조영술 검사 결과는 좋았다. 안도의 숨을 내쉰다. 피 검사 수치도 괜찮은데 다만 갑상선 수치가 떨어지니 내분비내과를 가라고 했다. 그리고 남편의 정액 검사 결과 운동성이 다소 떨어지기는 하지만 시험관을 하니까 걱정할 정도는 아니라고 했다. '다행이다.' 이 생각에 나팔관 조영술로 힘들었던 내 마음과 몸도 조금씩 기분이 나아지기 시작했다.

과배란 유도

과배란 유도를 하기 위해 병원을 또 방문했다. 그런데 생리 2, 3일째 오란다. 처음엔 잘못 들은 줄 알았다. 어떻게 생리 중에 초음파를 본다는 말인지 난감하지 않을 수가 없다. 시술을 위한 하나의 과정이었지만 머릿속으로 받아들이기가 어려웠다. 인터넷 검색을 해봐도 자세한 이야기는 없다. '생리 2, 3일째라니? 제일 생리양이 많을 때인데……. 혹시 생리혈이 흐르면 어쩌지'라는 생각과 함께 도저히 상상이 안 됐다. 하지만 어쩌겠는가. 그렇게 생리 3일째 되는 날로 예약을 하고 의사선생님을 만났다.

진료실 안에서 속옷을 벗고 치마로 갈아입는 내 손이 분주하다. 치마에만 의지한 채 시술 의자로 걸어간다. 그 발걸음이 조심스럽다. 시술 의자에 앉아 나도 모르게 눈을 꼭 감아버린다. 그런데 긴장한 나와는 대조되게 의사선생님은 아무렇지 않은 듯 여느 때처럼 초음파를 본다. '전혀 개의치 않으시는구나. 맞아. 시술 과정의 하나인 건데' 하며 스스로를 위로했다.

다행히 생리혈이 흐르거나 하는 난감한 상황은 일어나지 않았다. 생각으로만 키우던 걱정을 막상 실행에 옮기고 나니 이것 또한 견딜 만하다는 것을 알아간다.

다행히 초음파 결과는 이상이 없었다. 자궁 내막도 괜찮았다. 자가 배 주사인 난포자극호르몬(FSH)인 폴리트롭과 프로기노바를 먹으며 난포를 키워 일주일 후에 다시 보자고 한다. 주사는 주사실에 가서 설명을 들으며 첫 주사를 맞게 된다. 남편과 함께 간호사를 만났다. 간호사는 어떻게, 어느 부위에 주사를 놓아야 하는지를 내 배에 직접 시범을 보이며 남편한테 설명을 해준다. 혹시라도 잊어버릴까 봐 네임펜으로 한 번 더 강조하며 표시를 해준다. 뭔지 모르게 든든하다.

나는 내 배에 주사를 놓을 수 없을 것 같으니 주사는 남편이 놔달라고 암암리에 선전포고를 했던 터라 남편은 간호사의 설명을 놓칠세라 토끼귀가 되어 들었다. 또 주사약은 냉장을 해야 하기 때문에 집이 먼 사람들에게는 냉장팩이 든 보냉 가방에 넣어주기도 한다. '아~ 병원에서 많이 보았던 가방이 이런 용도였구나.' 이렇게 또 알아가며 난임 병원의 세계로 들어가기 시작했다.

병원을 나와 처방전을 가지고 약국으로 향했다. 프로기노바라는 호르몬제와 질정을 처방받는다. '이게 뭐지?'라는 생각이 들게 하는 희한한 약, 질정! 먹으면 안 되는 약이란다. 아침, 저녁으로 질 안에 넣는 약이었다. 비급여 품목이라 약 값만 십만

원이 훌쩍 넘어버린다. 집에 오자마자 주사약을 냉장고에 넣어두고, 한아름 안고 온 약봉지를 보며 언제 어떻게 투약해야 하는지를 체크했다. 분명 주사도, 약도 다 설명을 들었는데 집에 오니 헷갈리기 시작했다. 기억하고 체크해야 할 것들이 많았다.

그날 저녁부터 호르몬제인 약을 먹기 시작했다. 아침, 점심에는 3알씩, 저녁에는 4알씩. 그런데 부작용도 있는 약이다. 메스꺼움, 두통, 안면홍조, 기분의 변화, 우울증 등 호르몬제라서 그런가 보다. 정말 부작용은 단번에 드러났다. 속은 메스껍고 머리가 아파오기 시작했다. 식욕은 없어지고 안면홍조에 매운 것만 먹고 싶은 생각뿐이었다.

다음 날 아침, 남편 몰래 호기롭게 주사기를 꺼내들었다. '분명 다 들은 설명인데 이렇게 하는 게 맞나?'라는 불확실성에 사로잡혔다. 혼자 얼른 맞으려고 했던 마음을 포기하고 남편에게 확인을 받았다. '그래 이제 주사를 놓으면 돼' 하며 내 배를 잡고 주사기를 직각으로 세운 후 찌르기만 하면 된다. 그런데 '찔러야 하는데……. 찔러야 하는데…….' 주사기를 배에 몇 번을 가져다 댔다. 하지만 시도만 하다가 결국 땀범벅이 된 채로 주사기를 내려놓았다.

"오빠, 나 도저히 못 하겠어."

그런 나를 안쓰럽게 지켜보며 선뜻 나서지 못했던 남편이 결국 용기를 냈다.

아침마다 일정한 시간에 맞아야 하는 주사이다. 그리고 하루는 왼쪽, 다음 날은 오른쪽 번갈아 가면서 맞아야 난포가 고르게 잘 자란다고 했다. 간호사가 알려준 대로 남편은 주사기를 들었다. 긴장된 표정이 역력했지만 담담한 듯 내 배를 잡고 주사를 놓았다. 다행히 배에는 지방이 많아서 그리 아프지는 않았다. 그렇게 남편이 놓는 첫 배 주사를 맞았다. 처음 맞는 주사라 나도 긴장했지만 남편은 더욱 그랬나 보다. 다만 티를 내지 않으려고 노력했을 뿐이었는지 주사를 놓고 난 남편의 콧잔등에는 송골송골 땀이 맺혀 있었다. 나는 배 주사를 맞고 아무렇지 않게 우스갯소리를 했다. 괜히 마주 보면 눈물이 날 것 같아 서로의 눈을 쳐다보지는 못했다.

....
난자 채취

무사히 난포가 잘 자라고 있는지 중간 점검을 하러 병원을 방문하는 날이다. 초음파를 보며 몇 개 정도가 자라고 있는지 대략 사이즈는 적당한지를 본다. 대략 17~18cm가 되면 채취를 할 수 있다고 한다. 다행히 잘 자라고 있고 이틀 뒤에 병원에 한 번 더 오라고 했다. 그러면서 주사 하나를 더 처방해 준다. 조기 배란 방지 주사였다. 7일 동안 꼬박 주사를 맞고, 또 하나의 주사를 더해서 9일째 맞다 보니 어느새 내 배는 멍이 들어 있었다. 주사 바늘의 흔적이 고스란히 보이는 가여운 내 배. '괜찮아, 괜찮아.' 위로하듯 자주 손이 배로 가기 시작했다.

10일째에는 되는 날 병원을 방문해서 성숙한 난포가 확인되면 난포를 터트리는 주사를 맞게 된다. 저녁 11시에 정확하게 맞아야 하는 2개의 주사였다. 이 주사를 맞은 후 34시간에서 36시간 후에 난자 채취를 하게 된다. 채취 전날 밤 12시부터 난자 채취 때까지 금식이다. 마취를 해야 하기 때문에 물 한 모금도 마시면 안 된다. 또한 채취 당일에는 화장, 향수, 렌즈착용도 금지였고, 보호자와 함께 와야 하는 안내 사항을 다시 확인했다. 꼭 다음 날 시험을 치르는 학생처럼 제발 그동안의 노력의 결과가 나타나길 간절히 기도했다.

드디어 채취 당일이다. 긴장된 마음으로 병원에 도착해서 채취실 앞 대기실에서 대기한다. 안내에 따라 채취실로 들어가 가운으로 갈아입고 또 대기한다. 간호사들이 한 명, 한 명 호명을 한다. 팔뚝에 항생제 반응 검사를 한 후 엉덩이에 진통제 주사를 맞는다. 링거를 꽂고 침대에 누워 대기한다. 내 차례가 되면 침대에 누워 있는 채로 간호사들이 시술실로 이동시켜 준다.

시술대에 누우니 양쪽 손목을 고정시켰다. 그렇게 누워 있는데 눈앞에 보이는 천장에 아기 천사들의 그림이 보였다. 뭔가 모를 큰 위안이 되었다. '나도 저런 아이를 만나기 위해 여기 있는 거지, 저런 아이가 나에게도 분명 올 거야' 하며 잔뜩 긴장된 마음과 몸을 억지로 이완시키려고 노력했다.

의사선생님이 오고 초음파를 본다. 뭐라고 말씀하시는데 긴장한 탓인지 잘 들리지 않는다. 간호사들이 분주하게 움직였다. 곧 시작될 것 같다. 마취를 한다는 말과 함께 한 간호사가 내 오른손을 꼭 잡아주었다. 따뜻하다. 차가운 시술대에 홀로 덩그러니 있는 나에게 온기를 전해주었다. 고마움과 뭔지 모를 눈물과 함께 잠이 들듯 마취에 빠졌다.

어느덧 나지막이 내 이름을 부르는 소리가 들렸다. 채취 잘 끝났다며 조심스럽게 침대로 옮겨주었다. 마취제가 남아 있을 수 있으니 산소마스크를 끼고 숨을 크게 들이마셨다, 뱉었다를

15분 정도 반복하라고 했다. 그런 후 항생제 링거를 마저 맞으며 누워서 안정을 취했다. 아랫배가 뻐근하고 불편했다. 링거를 다 맞을 때쯤 간호사가 종이 한 장을 들고 와서 채취 결과와 주의사항을 설명해 주었다. 종이 맨 위에 채취된 내 난자 개수가 적혀 있었다. 이게 뭐라고 성적표를 받는 기분이었다.

난자 채취가 된 후 남편은 정액을 채취한다. 남편도 남편만의 숙제를 잘 마쳤다. 이제는 난자와 정자가 결합해서 수정이 잘 되기를 바랄 뿐이다.

·················

배아이식

이제 나의 난자와 남편의 정자는 우리 손을 떠나 배양팀의 기술로 수정이 이루어져 배아로 자라게 된다. 난자와 정자가 잘 만났을까? 과연 몇 개가 수정이 되었을까? 병원에서 연락이 오기 전까지는 알 수가 없다.* 이식 전날 병원에서 전화를 주기로

---

* 처음 시술할 때는 이식 전날 병원에서 전화를 받아야만 수정 여부를 알 수가 있었다. 하지만 5번째 채취부터는 병원 앱을 통해 수정 진행 과정과 수정란의 개수를 확인할 수 있었다.

했다. 드디어 핸드폰 수신 화면에 병원 이름이 뜬다. 가슴은 쿵쾅쿵쾅 요동을 치지만 침착한 목소리로 전화를 받았다. '아, 다행이다.' 내일 이식을 하러 오란다. "감사합니다!"라는 말이 나도 모르게 튀어나왔다. 드디어 나도 배아를 품을 수 있게 되는구나……. 임신이라도 된 것 마냥 설레고 또 설레어서 잠이 오질 않았다.

다음 날 아침, 차분하지만 설레임 가득하게 병원으로 향했다. 이식하는 과정은 생각보다 간단했다. 2~3시간 전부터 소변을 참고 가운으로 갈아입은 후 시술대에서 초음파를 본다. 모니터 화면에 배아 사진이 보였다. 몽글몽글하니 둥글다. 처음 보는 배아 사진이 신비롭기까지 하다. 3일 배양 배아 3개, 그중 상급 하나, 중상급 2개다. 배아 상태는 아주 좋다고 했다. 초음파로 이식 위치를 확인한 후 난관 내로 배아들을 주입한다. 그 후 다시 초음파를 보며 자리를 잘 잡았는지 확인하는 과정을 거친다. 살짝 불편한 느낌의 통증이지만 괜찮다. 의사선생님의 '잘 들어갔어요'라는 한마디에 또 울컥했다.

배아 이식을 마치면 침대에 누워 안정을 취한 뒤 배아 사진과 이식결과지 그리고 실시간 배아관찰경 결과지를 받고 귀가 할 수 있었다. 배아 관찰경에는 배아가 세포분열이 되는 과정의 사진들이 있다. 2세포기, 4세포기, 8세포기 점점 분열이 이루어지는 것이 신기하다. 배아 사진과 배아 관찰경 사진을 계속 들여다보게 된다.

남편에게 "이 배아들 중 성공하게 되면 우리 아이는 배아 사진부터 있는 거네~"라며 우스갯소리도 해본다. 집에 오자마자 나는 침대와 한 몸이다. 몸을 움직이는 것 자체가 너무 조심스러웠다. 그동안 내 인생에서 경험해 보지 못한 조심스러움과 내 몸의 소중함이었다. 걷는 것 하나, 누웠다 일어나는 것 하나하나가 조심스럽다. 내 배 어딘가에 있을 배아들에게 온 신경이 다 가 있었다. 부디 잘 착상되길 바라는 마음뿐이었다. 나의 온 마음과 온몸으로 배아들에게 환영의 인사를 퍼부었다.

"제발 착상이 잘 되어 꼭 만나자!"

3부

혹시,

안 됐나요?

05

임신테스트기가 한 줄

무엇이 문제인가?

이식 후 내 인생에 이렇게 대접을 받아본 적이 있나 싶었다. 다른 사람들에게가 아니라 내 자신에게 더욱 그랬다. 난 지금 대접을 받을 만한 너무나도 분명한 이유가 있고 모두 납득을 해주었다. 모든 것이 나한테 맞춰져 있는 것 같았다. 그러면서 부담감과 불안감이 엄습하지만, 편하게 있기로 마음먹었다. 부정적인 생각과 감정은 멀리 쫓아버리려 노력했다. 하지만 시간이 지날수록 불안감은 더 가까이, 자주 오고 있음을 느꼈다.

맘 카페와 블로그를 하루에도 수십 번씩 들어가 보면서 3일 배양 이식 날부터 증상들과 임신테스트기의 반응들을 검색해

본다. 성공한 사람의 배아 사진과 내 배아 사진을 비교해 보며 비슷한 모습들을 찾아보기도 하고, 이식 날짜가 지나면서 나오는 증상들을 세세하게 검색해서 내 증상들과 비교를 해보기도 했다.

과연 착상이 됐을까? 처음 이식한 날과 다르게 이젠 임신테스트기에 반응하는 날수에 근접하면 할수록 피를 말리는 내적 갈등이 시작되었다. '저 사람은 이식 7일째 임신테스트기에 희미한 두 줄이 나왔다는데 나도 해볼까?', '아직은 반응하는 시기가 아니니깐 조금만 더 참자.' 이제는 임신테스트기와의 싸움이 시작된다. 임신테스트기를 할까? 말까? 혹시 두 줄이 안 나오면 어쩌지……. 아, 생각하기도 싫다.

블로그나 맘 카페에 성공한 사람들의 이식 날짜가 지날수록 점점 진해지는 임신테스트기의 사진이 얼마나 부러운지. 내 일이 되기를 소망하며 임신테스트기의 유혹을 참아낸다. 그러다 3일 배양의 임신 여부가 확인된다는 9일째. 나는 임신테스트기의 유혹에 넘어가고 말았다. 약사 선생님의 아침 첫 소변이 가장 효과가 있다는 말에 힘입어 이식 9일째 되는 날 아침 아니, 눈이 떠진 새벽에 조용히 화장실로 갔다.

남편 몰래 임신이 되는 상상을 하며 짜잔~ 하고 두 줄이 있는 임신테스트기를 선물로 주고 싶다는 마음이 앞섰다. 남편이 얼마나 좋아할까? 상상만으로도 너무 벅차고 행복했다. 두근두근, 쿵쾅쿵쾅 뛰는 내 심장과 함께 크게 숨을 몰아쉬고 첫 소변으로 임신테스트기를 해본다. 임신테스트기가 소변을 빨아들이고 서서히 시약선으로 올라간다.

맨 먼저 빨간 선이 보였다. 심호흡을 하고 소변을 다 머금은 임신테스트기를 뚫어지게 쳐다본다. 제발 빨간 선 하나가 더 생기길 바라는 간절한 마음을 담아 뚫어지게 바라본다. 제발 희미하게라도 보여줘! 간절함이 울림이 되어 올라온다. 5분이 지나야 정확하게 판독이 된다는 말을 위안삼아 기다려 본다. 하지만 5분, 10분이 지나도록 희미하게라도 한 줄이 더 생기지 않는다.

갑자기 심장이 쿵하고 내려앉았다. 설마? 진짜로 안 된 거야? 아니야 아직은 너무 이르잖아. 아직 안 나올 수도 있어. 라며 현실을 부정해 본다. '내일 아침 첫 소변으로 다시 해보자'라고 마음을 다잡지만 내 마음 한편에서는 실패를 직감했다. 두려웠다. 진짜 실패를 하게 되면 난 어떻게 해야 하는 거지? 눈앞이 캄캄했다. 하지만 아직 모르니까 한 가닥의 희망을 안고 내일 다시 해보기로 했다. 슬펐다. 그리고 너무 두려웠다.

이식 10일째 새벽에 눈이 번쩍 떠졌다. 아무런 생각도 없이 좀비처럼 조용히 화장실로 가서 어제와 똑같이 임신테스트기를 해본다. 역시나 한 줄이다. '참담하다……. 진짜 실패인 건가? 아니야!' 임신테스트기가 오류가 많다니깐 한 번 더 해보자며 다시 임신테스트기를 꺼내들었다. 역시 또 한 줄이다. 착상이 늦게 되는 경우도 있다니깐 내일 다시 하기로 했다.

이식 11일, 12일, 13일, 14일째 매일 첫 소변으로 임신테스트기를 하면서 그렇게 나는 매일매일 암담함과 좌절감을 맛보고 있었다. 결국 병원에서 착상유무 피 검사를 하는 날 0.1의 피 검사 수치가 나왔다. 완전 착상 실패다. 미리 결과는 알고 있었지만 그래도 너무 슬펐다. 배아 등급도 좋고 배아를 3개씩이나 이식했는데 그중 하나도 착상이 안 되다니 믿어지지가 않았다.

이건 내 몸의 문제인 건가? 뭐가 잘못된 거지? 내가 너무 누워만 있었나? 나도 모르게 긴장을 해서 자궁이 수축되었나? 다 내 잘못으로 파고드는 이 죄책감과 함께 나의 첫 시험관 이식은 그렇게 실패로 마무리가 되었다.

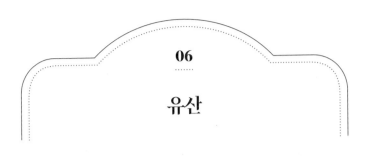

06

유산

이게 우리의 잘못인가?

시험관을 진행하면서 2번의 유산을 겪었다. 둘 다 화학적 유산
이다. 화학적 유산은 임신테스트기나, 혈액검사로 인해 임신 사
실이 확인되었으나 아기집이 보이지 않거나 임신수치가 10 이
하로 떨어지는 경우를 말한다. 보통 임신 4~5주 이하의 초기
유산이기 때문에 시술 없이 자연적으로 생리혈로 배출이 된다.
굳이 찾아야 하는 감사한 이유 중의 하나라면 시술이 없다는
것이다. 그냥 자연스럽게 배출이 된다. 큰 덩어리가 흘러나온
다. 혹시 이것이 흘러내린 내 배아일까라는 생각에 변기의 물을
쉽게 내릴 수가 없었다.

두 번째 이식에서 피 검사 수치가 나왔다. 86점. 그리 높지 않은 수치였지만 남편과 나는 뛸 듯이 기뻤다. '드디어 내 뱃속에도 생명이 자라고 있구나. 드디어 착상이 되었구나. 나도 엄마가 되는구나!' 감동과 벅참을 넘어 이루 말로 표현할 수 없는 감정들이 샘솟았다. 그냥 남편과 얼굴만 마주쳐도 웃음이 났다. 드디어 임산부로서 특권을 누릴 수 있게 되었다. 하지만 이미 나는 임신테스트기의 노예가 되어 있었기 때문에 빨간 두 줄이 점점 진해지기를 바라며 아침마다 임신테스트기를 했다. 매일 매일 임신테스트기를 모아놓고 진해지고 있는 것을 보는 것이 어찌 그리 재미있는지 시간이 가는 줄 모르고 들여다보고 또 들여다보았다. 그 진하기가 '엄마~ 나는 잘 자라고 있어요'라고 말해주는 것 같았다.

하지만 어느 날 진해야 하는 임신테스트기가 흐려져 있었다. 뭔가 잘못됐음을 직감했다. 하지만 이내 또 임신테스트기의 오류일 거라는 부정을 하며 다시 임신테스트기를 해본다. 그리고 또 해본다. 난 널 보낼 수 없는데. 어떻게 해서든지 붙잡고 싶은데 어떡하지……

두 번째 임신은 6번째 이식에서 피 검사 수치가 127점이었다. 100점대를 넘는 수치는 처음이었다. 지난번 86점과는 다른 점수대. 뭔가 더 기대가 됐다. 하지만 우리는 좀 더 조심스러워져서 아무에게도 말을 못하고 하루하루 숨을 죽이며 착상이 더 잘 되기만을 바랄 뿐이었다. 기다리는 동안 임신테스트기는 하지 말자고 다짐하며 그냥 이 시간을 온전히 누리기로 했다. 그렇게 조심스럽지만 이 기쁨을 만끽하고 싶었는지 남편이 조촐한 축하 파티를 해주었다. 행복과 기쁨의 눈물이 남편 얼굴에 가득했다.

2주 후 병원에 가는 날 무슨 마음이었는지 그동안 안 했던 임신테스트기를 꺼내들었다. 더 진해진 임신테스트기를 기대하며 덜덜 떨리는 손으로 임신테스트기를 해본다. 하지만 결과는 너무나도 희미해진 두 줄. 또? 네가 우리한테 왔다고 기뻐하며 함께 눈물을 흘린 게 며칠 전인데 어떻게? 다리에 힘이 풀려버렸다. 샴페인을 먼저 터트린 게 잘못이었나? 임신 소식에 남편 눈에 맺혔던 행복의 눈물이 떠오른다. 어쩌지? 남편 걱정이 앞섰다.

화장실에서 늦게 나오는 나를 기다리던 남편도 무언가를 직감했는지 놀란 토끼 같은 두 눈으로 나를 바라봤다. 그 눈과 마주치자 나도 모르게 엉엉 울음이 터지고 말았다.

"아이가 갔나 봐. 난 엄마 자격이 없나 봐. 나는 엄마가 되면 안 되는 사람인가 봐······. "

　어느새 내 안으로 죄책감과 자기 비난의 화살이 꽂혔다. 그런데 남편도 자기가 괜히 파티를 해서 그런 게 아닌가라는 말을 한다. 남편도 스스로에게 화살을 보내고 있구나. 이게 우리의 잘못인 건가. 정말 묻고 싶었다.

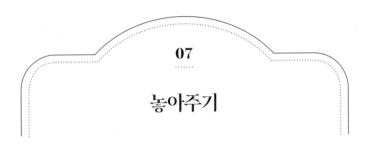

07

놓아주기

안녕

상실이나 애도란 단어는 말만 들어도 마음이 무겁고 아프게 하는 단어이다. 굳이 내담자가 원하지 않으면 꺼내들기 쉽지 않은 상담 작업 중의 하나이다. 하지만 상담을 하다 보면 자연스럽게 나오게 되는 사랑하는 사람과의 영원한 이별과 그로 인한 상실의 고통. 그 고통을 고스란히 담고 있는 아픈 가슴들, 그 가슴들을 같이 어루만지다 보면 그 안에 추억과 사랑, 그리움이 가득하다.

하지만 꽁꽁 감추어 둔 그 마음을 들여다보기까지의 과정은 쉽지 않다. 그냥 다 쏟아질까 봐 꽁꽁 싸매고 붙들고 있을 수밖에 없는 내담자들을 종종 만난다. 너무나 소중하기 때문에 꼭 껴안고 견딜 수밖에 없는 아픈 가슴들이다.

나도 그랬다. 너무 소중해서 계속 움켜쥐고 싶었던 마음이었다. 생애 처음으로 느껴봤던 엄마라는 기쁨. 내 뱃속에 생명이 있다는 사실 자체로 얼마나 경이롭고 신기했던지. 생명의 신비라고 하지만 그 생명의 신비가 내 안에서 이루어지고 있다는 사실이 그저 기적 같았던 날들이었다. 그런 아이와 오랜 기간 같이 있지도 않았는데 이렇게 금세 떠나버리다니······. '나는 널 이렇게 보낼 수 없는데. 난 아직 마음의 준비가 되지 않았는데, 아니 보내고 싶지 않은데. 그냥 꼭 붙들고 싶은데······. 아가야, 난 어떡해야 하니?'

주위 사람들에게는 알리고 싶지 않아 그냥 덤덤하게 내 일상을 지켜내고 있는 나였다. 하지만 아픈 마음은 조금만 삐끗해도 금방 티가 나버렸다. 이제는 진짜 너를 놓아줘야 할까 봐. 미안함의 눈물이 흘렀다. 나는 또 내 삶을 살아내야 하기 때문에 그렇게 아픈 마음을 덜어내야만 했다. 그 마음을 먹는 일이 더 가슴 아팠다.

놓아주기 작업

그렇게 떠나간 아가를 마주한 날. 너무 일찍 내 곁을 떠나버린 감정을 추스르기 위해 나는 스케치북과 크레파스를 집어 들었다. 눈에 띄는 색깔의 크레파스를 잡고 내 마음이 원하는 대로 해달라고 손에게 부탁했다. 내 손은 검은색 크레파스를 집어 들었다. 마음을 맡긴 손은 그렇게 무언가 그려내고 칠하고 있었다. 그런데 쓴맛이 느껴진다. 정말 쓴 한약이라도 먹은 듯이 입 안 전체가 쓰다.

"쓰다. 써도 너무 쓴맛이다."

마치 아프다 못해 내 온 마음과 몸에서 쓴 기운이 올라오는 것 같다. 혀끝에서는 계속 쓴맛만이 머문다. 나는 그렇게 쓴맛을 느끼며 부정적인 감정들을 쏟아냈다.

한참 후, 내 손은 다시 노란색을 집어 들었다. 잠시라도 나에게 와준 아가에 대한 고마운 마음이 올라온다. 기쁨을 넘어선 환희, 벅참, 뿌듯함, 감격, 행복, 사랑 등 너무 많은 감정들을 선물로 주고 간 너였구나……. 이번에는 고마움의 눈물이 흐른다. 고맙고, 또 고맙구나.

그리고 드디어 아가에게 마지막 인사를 건넬 용기가 올라왔다.

"16일 동안 너무 고마웠어. 너로 인해 잠시 동안 임신의 기쁨을 느끼고 엄마로서 있을 수 있었어. 너의 미친 존재감은 평생 잊지 못할 거야. 잘 가렴……."

이 이미지의 원본은
표지의 뒷날개에서
확인하실 수 있습니다.

08

그래도 희망

너무 짧은 기간이었지만 착상이 되었다는 사실에 실낱같은 희망을 부여잡았다. 시험관 시술에 뛰어들어 실패만 맛보고 있을 때 과연 임신을 하면 어떤 기분일까? 내 뱃속에 새로운 생명체가 자라고 있다는 느낌은 어떨까라는 궁금증과 호기심은 자꾸만 커져갔다. 내가 가보지 못한 곳에 대한 생각의 탐험은 더 치열할 수밖에 없었고 가져보지 못한 것에 대한 욕망은 커질 수밖에 없었다.

그러다 어느 날 유산을 해서 아파하는 친구를 만나게 되었다. 습관성 유산으로 힘들어하는 친구를 보며 마음이 아팠지만 내 내면에서는 '유산이 되더라도 난 임신이라는 게 한 번이라도 되어봤으면 좋겠어……'라는 생각이 잠시 스쳤다. 유산이 된 친구를 보며 한편으로는 부러움을 느꼈던 것이다. 그 정도로 임신이라는 영역은 나에겐 미지의 영역이었고, 가고 싶어 몸부림 치고 있지만 나에게만은 열리지 않는 굳게 닫힌 문같이 느껴졌다. 어떻게든 그 문을 열고 싶은데 너무 크고 무겁게 닫혀 있는 그 거대한 문은 꿈쩍도 하지 않는 것 같았다. 그 앞에서 무기력해지고 좌절할 수밖에 없던 나였다.

그랬던 미지의 문이 드디어 열렸던 것이다. 활짝은 아니지만 조금 열고 그 안을 살짝 들여다본 느낌이다. 그렇게 궁금하고 알고 싶었던 임신이라는 것이 나도 되는구나라는 것은 나에게 어떤 의미보다 크고 특별했다. 임신테스트기의 선명한 빨간 두 줄, 아리아리했던 아랫배의 작은 통증, 메슥거림 등의 증상들이 전혀 고통스럽지 않았고 너무나도 특별했고 행복했다.

너무나도 짧게 맛본 경험이라 그만큼 아쉽고 서운하고 아팠다. 하지만 나에게 주고 간 선물 같은 감정들을 다시 꺼내 느껴본다. 고맙다. 더 건강한 아이로 다시 올 거라는 기대와 희망을 안고 나는 다음 차수를 어떻게 진행해야 할지 고민에 빠졌다.

내 안의 상담사　괜찮아?

나　　　　응, 이젠 괜찮아…… 아쉽고 미련이 남는 건 사실인데. 나에게 선물을 주고 간 것 같아. 내가 살면서 이렇게 벅찬 감정들을 느꼈을 때가 또 있었을까 싶을 만큼 너무너무 소중하고 감사해. 이 감정들을 오래도록 간직하고 싶어. 그리고 엄마가 되고 싶어. 내 아이를 지켜줄 수 있는 건강한 엄마가 되고 싶어.

내 안의 상담사 그래, 정말 다행이야. 그래도 많이 힘들었을 텐데 어떻게 견딜 수 있었어?

나 글쎄. 그냥 빛을 본 것 같아. 캄캄한 어둠 속에 웅크리고 있는데 창으로 들어오는 한 자락의 빛 같은……. 그렇게 떠나간 건 너무 마음 아프지만 나도 임신이 될 수 있다는 가능성을 보여주고 간 것 같아. 그저 왔다간 흔적들만으로도 너무 감사해. 이젠 진짜 제대로 느껴보고 싶어. 내 아이를 품고 지켜주고 안아보고 싶어.

내 안의 상담사 그래, 비록 유산이 되었지만 그 임신이 준 의미가 크구나.

나 응, 그런 것 같아.

내 안의 상담사 혹시 그 의미에 이름을 붙여본다면 뭐라고 부르고 싶어?

나 음……. 그래도 희망! 다시 붙들고 싶어. 그 희망을!

Self counseling 5

몸에 난 상처와 마음에 난 상처의 치료는 같다고 생각합니다. 다만 몸에 난 상처는 눈으로 확인이 되어 바로 약을 먹고, 바르며 치료를 할 수 있습니다. 하지만 마음의 상처는 눈에 잘 보이지 않습니다. 그저 '오늘은 컨디션이 좀 안 좋아. 그냥 만사가 귀찮고 자꾸 짜증이 나. 머리가 아파' 하며 그냥 몸이 좀 안 좋은 것으로 치부될 때가 많습니다.

하지만 자세히 들여다보면 내 내면에서 상처받은 불편한 감정들이 '나 아파!'라고 하는 소리일 수 있습니다. 마음에 난 상처는 마음으로 느낄 수밖에 없으며 그동안 내가 처리해왔던 방식대로 흘려보내기 일쑤입니다. 대수롭지 않게 어떠한 어루만짐도 없이 시간이 지나 스스로 아물기를 바랄 때가 많습니다.

저도 이 유산의 아픔을 그냥 지나치고 싶었습니다. 들여다볼 시간적 여유도 없었고 무엇보다 자신이 없었습니다. 하지만 조금만 건드려도 눈물이 터지고 일상에 의욕과 활기를 잃은 채 만사가 귀찮았습니다. 지금 마음이 아픈 상태라고 내 몸이 나에게 보내는 신호였습니다.

나와 같은 문제를 가진 내담자가 내 앞에 있다면 상담의 프로세스대로 상담 작업을 했겠지만 지금은 내 아픔을 돌봐야만 했습니다. 다행히, 상담이 비는 시간 조용히 나의 상처를 들여다볼 용기가 올라옵니다. 아프지만 더 곪아 터지기 전에 스스로 약을 바를 수 있어서 다행이라고 스스로를 위로합니다.

말로 표현하기 어려워하는 내담자들이나, 감정을 꼭꼭 숨겨두어서 감정을 잘 알아차리지 못하는 내담자, 그리고 긴장도가 너무 높은 내담자들에게 제가 주로 사용하는 기법입니다. 스케치북과 크레파스를 준비합니다. 조용한 음악과 함께 하면 더욱 편안한 분위기를 만들 수 있어서 좋습니다. 하얀 스케치북 위에 눈이 가는 크레파스의 색을 집어 듭니다. 그것이 선이든, 도형이든 마음 가는 대로 칠하고 그어봅니다. 표현되어지는 선과 색깔만으로도 감정과 에너지를 스스로 느낄 수 있습니다.

그렇게 그려지고 칠해진 곳을 보며 느껴지는 감정을 알아차려 봅니다. 마음 가는 대로 색깔을 바꾸고 선을 긋고 내 마음에 손을 맡겨 내 내면의 것을 꺼내보는 작업입니다.

- 조용한 시간, 잔잔한 음악과 함께 하면 좋습니다. 스케치북과 크레파스를 준비하여 내 내면을 만나는 시간을 가져보세요. 선이든, 도형이든, 이미지이든 그리고 색깔로 표현하고 싶은 것을 맘껏 표현해 보세요.

- 무슨 색이 먼저 눈에 들어왔나요? 그 색깔을 보며 느껴지는 것들을 알아차려 보고 적어보세요.

- 다시 칠하고 싶은 색이 있다면 얼마든지 바꿔서 표현해 보세요.

- 이 작업을 하면서 알아차려지는 것들이 있나요? 어떤 감정들이 올라오나요?

- 내가 표현한 것에 이름을 붙여본다면 뭐라고 붙이고 싶은가요?

4부

다시

시작하나요?

09

운동화 끈을 단단히 매고

난 엄마가 되고 싶다

가족, 남편 그 누구를 위해서가 아니라 온전히 나의 욕구 자체
가 이제는 엄마가 되고 싶다. 그렇다. 나 스스로 엄마가 되고 싶
고, 내 아이를 키워보고 싶다는 욕구들로 가득 차버렸다. 그동
안 막연하게 두려워만 했던 육아에 대한 생각도 어느새 오기
와 자신감으로 단단하게 뭉쳐졌다. '그래. 내가 한번 경험해 봐
야겠어. 다들 말하는 것처럼 아이를 키우는 것이 그렇게 힘든지
내가 직접 경험해 보겠어!'

계속되는 실패로 남편은 그만하자고 했다. 아이 없이 둘이서
이렇게 자유롭게 살자며 멈추기를 종용했다. 하지만 나는 아직

멈출 수가 없었다. 왜냐하면 그동안 꼬깃꼬깃하게 접어놓았던 아이를 갖고 싶다는 내 마음이 너무나도 완벽하게 활짝! 펼쳐지고 만 것이다. 척도 질문 10점 만점에 10점. 아니 100점을 치솟을 정도로 나는 지금 내 아이가 갖고 싶다. 접고 싶어도 이젠 접혀지지 않는 마음이 되어버렸다.

나는 아이를 갖기 위해서 하고 있던 일을 정리하기 시작했다. 프리랜서로 시간을 자유롭게 쓰며 상담을 해왔지만 이제는 아이 갖는 것에 집중하고 싶었다. 그리고 아이를 갖고 싶다는 마음이 커지다 보니 내담자의 상황들에 나도 모르게 내 감정이 투사되어 나타나고 있었던 것이다. 너무 예쁘고 사랑스러운 아이를 방치한다고 생각해서 화를 내거나 내 감정대로 그러면 안 된다고 훈계를 하기도 했다. 나는 내 내담자를 위해서라도 상담을 멈춰야만 했다.

나는 자연스럽게 상담 수련과 공부에 집중했다. 주기적으로 집단 수련과 슈퍼비전*을 받고, 상담 스터디를 하며 지금 내가

---

* 상담에서 슈퍼비전이란, 경험이 풍부한 슈퍼바이저(Supervisor)에게 상담 과정에 대한 사례 분석 및 진행에 관한 평가와 자문을 받는 일련의 행위이다.

할 수 있는 자격증 공부를 했다. 다시 시작할 시험관 준비와 함께 그 시간들을 자유롭게 채워나갔다. 각종 자격증에 도전하다 보니 도서관에 다니게 되었고, 아침저녁으로 도서관 가는 길은 자연스럽게 나의 산책시간이 되었다. 편한 복장에 운동화를 신고 주위의 나무와 사람들을 보면 생각들이 편안해지기 시작했다. 바쁠 것이 없다 보니 느긋하게 걷게 되었고 앞서가는 사람들의 뒷모습이 어느새 눈에 들어오기 시작했다.

지팡이를 짚고 힘들게 걸어가시는 노인분의 뒷모습에서는 현존하는 삶 그 자체에 감사함이 올라온다. 중년 여성, 한 손은 연세가 지긋해 보이는 할머니의 손을 잡고 다른 한 손은 약이 가득한 봉지를 들고 가는 그 뒷모습에서 엄마와 딸일까? 하는 호기심 가득한 생각이 한가득 채워졌다. 그 생각에 나와 엄마, 그리고 나와 내 아이의 모습까지 그려본다. 대를 이어가는 사랑, 그 끈끈하고 진한 사랑이 잔잔하고 아름답다. 영화의 한 장면처럼 내 머릿속에 여운 가득 담아 저장된다.

그렇게 마음의 여유와 시간의 여유를 누리며 내가 하고 싶은 일을 하는 것이 꽤 만족스러웠다. 하지만 마음 한편에서는 시험관 시술에 대한 과제가 남아 있었다. 나에게 주어진 이 큰 과제를 어떻게 해야 풀 수 있을까? 이젠 진짜 제대로 한번 풀어볼까? 하는 생각이 스쳤다. 그런데 그 생각의 소리에 맞장구를 치듯 내 마음에서도 소리가 들렸다. '뛰고 싶어. 그동안 준비는 충분히 했어. 이젠 뛰고 싶어.' 어느새 나도 모르게 내 생각도, 내 마음도 준비를 다 마쳤다. 이제는 내가 운동화 끈을 단단히 매고 뛰기만 하면 된다! 그래, 다시 뛰어보자!

10

자기 알아차림

....

욕구

인간의 활동은 나의 욕구를 알고 이를 해소하기 위한 행동에서 시작한다. 내가 지금 여기에서 무엇을 하고 싶은지에 따라 내 행동의 구체적인 목적과 방향이 생기기 때문이다. 척도 질문을 통해 아이를 갖고 싶은 마음을 구체적으로 알 수 있었던 것처럼 이를 통해 시험관 시술도 시작할 수 있었다. 누구의 권유와 지시가 아닌 오롯이 나의 욕구 알아차림으로 스스로 행동을 선택할 수 있었던 것이다.

아이를 원하고 갖고 싶다는 것을 알아차렸지만 계속되는 시험관 실패로 나의 욕구는 좌절될 수밖에 없었고, 정말 아이가 안 생기면 어쩌나 하는 불안이 엄습할 때도 많았다. 하지만 나는 내 욕구에 더 귀 기울였다. '나는 엄마가 되고 싶어. 내 아이를 갖고 싶고 품에 안고 싶어.' 이 욕구를 알아차리는 순간 내 머릿속에는 어느새 갓난아이가 떠오른다. 나와 남편을 닮은 우리 아기. 어떤 모습일까? 아이에 대한 생각만으로도 나도 모르게 입가에 미소가 지어졌다. 갓난아이의 부드러운 살결을 느끼며 안고 싶다는 바람과 동시에 다시 현실로 돌아왔다.

'그래 다시 해보자. 아직 나에게는 기회가 있으니까!' 지금 여기에서 아이를 갖기 위해 무엇을 해야 하고, 무엇을 하고 싶은지 더욱 나의 욕구에 집중하고 스스로에게 물었다.

내 안의 상담사 지금 여기*에서 원하는 게 뭐야? 지금 뭘 하고 싶어?

나 다시 시험관을 시작해야겠어. 병원을 한번 옮겨볼까 봐.
손을 바꿔보는 것도 좋을 것 같아.

내 안의 상담사 병원을 바꿔보고 싶어?

나 응. 냉동해 놓은 배아도 이젠 없으니 새로운 병원에서 다시 시작해 보고 싶어.

내 안의 상담사 그래~ 다시 시작할 힘이 생겼다니 반갑네.

나 난임 병원을 다시 알아봐야겠어.

---

* 게슈탈트 심리치료에서는 '지금 여기'를 하나의 고유명사처럼 사용한다.

지금 여기에서 욕구들을 알아차린다면 분명한 방향성과 목적이 생길 뿐 아니라 대인관계에서도 서로 분명한 의사소통이 가능하게 되어 욕구 해소도 효율적으로 이루어진다.* 그동안 시험관 하는 것을 알리지 않았던 사람들에게 시험관 시술을 한다는 사실을 말했다. 굳이 숨길 이유도 없었고 그렇다고 대놓고 얘기할 필요성도 느끼지 못했다. 하지만 나의 분명한 욕구를 위해서는 지금 여기에서 내가 무엇을 하고 싶은지 분명하게 말을 해야 했다. 커피 말고 허브차를 마신다는 나의 말에 동료는 의아해하며 되묻는다.

"커피 안 마셔요?"

"네~ 저는 지금 몸을 따뜻하게 해줄 차가 필요해요."

자연스럽게 나의 시험관 시술 준비에 대해 이야기를 나누었다. 애써서 감추려고도 하지 않고 물 흐르듯이 자연스럽게 순간순간 지금 여기에서의 내 욕구를 알아차리고 해소하며 그렇게 나를 돌보기로 했다.

---

* 《게슈탈트 심리치료》(김정규 저, 2015, 학지사).

Self counseling 6

욕구에 대한 알아차림이란,

지금, 여기에서 나의 활동에 있어서 가장 기본적인 것은 욕구에 대한 알아차림입니다.[*] 나의 욕구를 알아차림으로써 이를 해소하기 위해 행동을 시작합니다. 자신의 욕구에 대한 알아차림이 높아지면 행동에 대한 분명한 방향성과 목적이 생깁니다.

- 지금, 여기에서 아이를 갖기 위해서 하고 싶은 것이 있나요? 있다면 무엇인가요? 자신의 욕구를 알아차려 보세요.

  만약, 당장 떠오르지 않는다면 '나는 지금 무엇을 하고 싶어요' 라는 문장을 4~5개 정도 써보세요. 추상적인 내용이 아니라 구체적이고 분명한 욕구를 자각하고 표현해 보세요.

  예) – 나는 지금 좀 쉬고 싶어요.
  　　 – 나는 지금 바람을 좀 쐬러 나가고 싶어요.

---

[*] 《게슈탈트 심리치료》(김정규 저, 2015, 학지사).

솔직한 감정

지금 여기에서의 욕구와 감정을 알아차리는 것이 나 자신, 그리고 주위 환경과 잘 접촉하여 원활한 상호작용을 할 수 있게 한다. 그동안 아이를 갖고 싶은 내 욕구는 접어놓았기 때문에 그와 함께 수반되는 감정 또한 잘 드러나지 못했다. 하지만 어느새 활짝 펼쳐진 내 욕구와 그동안 숨어 있던 것이 갑갑했는지 마구마구 튀어나오는 감정들. 나는 그 감정들을 고스란히 알아차려 보기로 했다.

남편의 늦은 퇴근, 오로지 집 안은 나만의 움직임과 소리만이 존재한다. 그 적막함이 싫어 보지도 않는 TV를 크게 틀어놓는다. 그래도 여전히 마음은 고요하고 적막하다. 집 안 어디를 둘러봐도 나 혼자이고 내 움직임의 소리뿐이다. 남편이 빨리 퇴근해서 오기만을 기다리고 있는 나다. 외롭고, 허전하다. 이 외롭고 허전함이 쓸쓸함으로 번지지 않기를 바랄 뿐이다.

지나가다 마주치게 되는 임산부들. 언제부터인지 더 눈에 들어온다. 볼록한 배를 내밀고 무거운 발걸음으로 조심스레 걸어가는 모습. 그 모습에 나도 모르게 시선을 피하게 되었다. 혹여

라도 내가 부러워하고 있다는 눈빛을 들킬까 봐 아닌 척을 했지만 난 솔직히 그들이 부럽다. 부럽다는 감정을 알아차림과 동시에 슬픔이 올라온다.

내 안의 상담사 슬프구나?

나 응. 슬퍼…….

내 안의 상담사 그래. 슬플 것 같아. 슬퍼해도 돼. 괜찮아.

〈한참 후〉

그런데 어떤 슬픔이야?

나 주위에 결혼한 부부들은 다들 아이를 쉽게 갖는 것 같은데 왜 나만 이렇게 힘들어야 되는지 모르겠어. 오늘 집단 교육에서 계획에도 없던 셋째가 생겼다며 우는 사람을 봤어. 지금도 어린아이가 둘인데 어떻게 또 낳아 키우냐고. 그 모습을 보는데 '하아. 이건 뭐지?' 싶었어. 그래도 삶은 공평하다고 생각하며 살아왔는데 이건 너무 불공평하잖아. 너무 어이없고, 짜증나고…….

내 안의 상담사 지금 감정이 좀 올라온 것 같은데?

나 맞아. 솔직히 화가 나. 왜 나한테는 아이가 안 생기는지 정말 모르겠어. 누구는 싫다고 해도 막 주시고, 누구는 제발 한 명만이라도 달라고 울고불고 매달리는데도 안 주시고……. 이건 너무 불공평한 것 같아. 왜 나한테 이런 일이 생겼는지 정말 모르겠어. 그동안 성실하게 다른 사람에게 피해 주지 않고 살아왔다고 생각하는데. 왜 나한테 이러시는지 모르겠어! 내가 뭘 잘못했다고? 억울하고 화가 나!

내 안의 상담사 그래 맞아. 화가 날 것 같아. 이해도 안 되고. 그런데 누구한테 화가 나는 거야?

나 신! 아이는 신의 선물이라며? 신의 영역이라며! 그런데 왜 나한테는 안 주시는데? 내가 얼마나 간절히 기도를 하는데, 내가 할 수 있는 건 다 하고 있는데. 결과는 내가 어찌할 수 없는 영역이니깐 자꾸 매달리게 되는데. 그렇게 매달려도 안 들어주시니깐 화가 나! 새벽기도도 하고, 작정기도도 하고, 운동도 하고, 영양제도 꼬박 챙겨먹으며 내가 할 수 있는 건 다 하고 있는데. 왜 나한테 이러시냐고?

(눈물)

나와의 대화를 통해 내 안의 화와 눈물을 쏟아낼 수 있었다. 그래도 다행이다. 부러움 속에 숨어 있던 슬픔과 화, 그 화를 내야 할 진짜 대상까지 알아차렸으니까. 이젠 그분께 물어봐야겠다. 도대체 나한테 왜 그러시는지…….

Self counseling 7

감정에 대한 알아차림이란,

감정은 자신의 욕구와 관련하여 주관적으로 체험하는 느낌입니다. 원하는 욕구가 충족되거나 충족될 수 있다고 판단하면 유쾌한 감정을 느끼지만, 그렇지 못한 경우에는 불쾌한 감정을 느끼게 됩니다.[*] 감정은 인간의 행동에 직접적인 영향을 미치게 되기 때문에 감정을 알고 그 감정을 표현하는 것이 매우 중요합니다. 그렇기 위해서는 지금 여기에서 내가 느끼는 감정들을 알아야 합니다.

- 지금, 여기에서 느껴지는 감정들이 있나요? 있다면 알아차려 보세요. 그 감정에 이름을 붙인다면 뭐라고 부르고 싶으세요?

- 지금의 내 감정을 억압하지 않고, 있는 그대로를 수용해 주세요.

---

[*] 《게슈탈트 심리치료》(김정규 저, 2015, 학지사).

환경

난임 과정 안에 있으면 모든 관심이 아이에게 집중된다. 오직 아이를 갖기 위해서 해야 할 일들에 맞추어져 있다. 몸을 따뜻하게 해야 하니 운동을 하고, 반신욕 및 족욕을 하고, 집에서는 항상 수면양말을 신는다. 또 몸에 좋다는 두유, 포도즙, 쑥차, 아보카도, 견과류, 치즈 등을 계획해 놓은 대로 챙겨 먹는다. 내 생활의 어디를 둘러봐도 온통 임신에 좋은 것들로 분주하다. 그야말로 보이지 않는 전쟁을 치르기 위해 나만의 요새 안에서 전투태세를 갖추고 있는 장군 같기도 했다.

하지만 오랜 시간 한 곳에만 몰두하게 되면 지칠 수밖에 없다. 결국 내 생활의 모든 것이 임신을 위한 수단이 되어버렸다. 하기 싫은 운동을 꾸역꾸역 하고 착상에 좋다는 음식들을 챙겨 먹는다. 솔직히 곤욕이다. 심지어 맛이 느껴질까 봐 믹서로 다 갈아서 삼켜버린다. 제 맛과 즐거움, 기쁨이 사라져 갔다.

나는 지금 여기에 있지 않다는 것을 알아차린다. 어떻게 하면 시험관을 성공할 수 있을지 고군분투하며 미래로 가서 진두지휘를 하고 있었던 것이다. 현실에 두 발을 딛고 서야 하는데, 두 발은 공중 부양을 하고 있으니 안정감을 느낄 수가 없었다. 공중에 떠 있는 불안정한 두 발을 땅에 디딜 수 있는 방법은 바로 지금 여기에서 환경과의 접촉이다.

지금 먹는 것의 맛을 느끼고, 계절의 변화를 눈으로 또 피부로 느끼고, 냄새를 맡으며 나의 오감을 지금 여기에 머무를 수 있도록 잡아두는 것이다.

고개를 들어 시선을 다른 곳으로 향했다. 그곳에는 하늘도 있고, 하얀 구름도 있다. 창문을 열면 시원한 바람과 공기도 있다. 이건 환기다. 내 안에서의 분주함과 비장함이 새로운 시선으로 옮겨질 때 마음에도 환기가 된다. 집 안에 오래된 공기를 씻어 내듯 아이를 갖기 위해 한없이 분주하고 정체되어 있는 내 마음에 환기가 필요함을 알아차린다.

마음의 환기. 지금 내 현실은 그대로지만 나의 시선이 옮겨질 때 나의 마음도 그곳에 머문다. 그렇게 한 템포 느려진 마음에 주위의 환경을 하나하나 담아본다. 어제와 다른 빛의 하늘과 구름, 나뭇잎 색깔의 변화, 새로 오픈하게 되는 상점 등을 알아차린다.

특히 산책을 하면서 둘러보게 되는 동네 이곳저곳, 매번 똑같은 골목과 건물들이지만 자세히 보면 다르다. 공기의 냄새와 살결에 닿는 온도, 지나갈 때마다 짖어대는 강아지 소리, 화단에서 잘 자라고 있는 이름 모를 식물들을 알아차리는 것이다. 그렇게 하다보면 어느새 내 마음엔 원인 모를 풍요로움이 가득 채워졌다. 쫓기듯 바쁘던, 이유 없이 비장했던 피곤함이 사라진 것이 느껴졌던 것이다. 오늘 갑자기 보도블록을 뚫고 올라온 저 새싹, 그 연푸른 어린잎의 사랑스러움 때문이라고 생각했다.

Self counseling 8

환경에 대한 알아차림이란,

내 주위 환경에 무엇이 있는지, 어떤 일이 벌어지는지 알아

차리는 것입니다. 자신의 내적인 문제에 사로잡혀 있다면

환경을 잘 알아차리지 못하고 환경과의 접촉이 원활하지 못

하게 됩니다. 이것은 시각, 청각, 촉각, 후각, 미각의 자극과

도 연관됩니다. 자신의 내부에 많은 에너지를 빼앗기기 때

문에 외부의 소리를 잘 듣지 못하거나, 촉각이 둔해지거나

냄새를 잘 못 맡거나 혹은 음식 맛을 잘 못 느끼게 되는 것입

니다.[*]

- 환경과의 접촉을 위해 오감을 깨워보세요. 피부에 닿는 바람의 온도를 느껴보고, 하늘의 빛깔을 눈에 담아보세요. 맛을 느껴보세요. 환경과의 접촉은 곧 내가 지금 여기에서 깨어 있다는 것입니다. 지금 보이는, 느껴지는 모든 것을 천천히 나열해 적어보세요.

---

[*] 《게슈탈트 심리치료》(김정규 저, 2015, 학지사).

11

몸을 유연하고 자연스럽게

신체와의 대화

어느 날 아침, 목과 어깨가 너무 아파 정형외과를 찾은 적이 있다. 엑스레이를 찍고 의사가 진단을 하기 위해 살펴보며 누르는데 내 목과 어깨에서 어색함이 느껴진다. '어, 어색하다. 내 몸인데.' 난생 처음 느껴본 내 몸의 어색함. 그 알아차림과 동시에 '나는 지금 내 몸과 안 친하구나.' 그동안 내 몸을 돌보지 않았음을 알아차린다.

치료를 받으며 내 목과 어깨는 더 큰 소리로 나에게 말하는 것 같았다. '내 얘기 좀 들으라고~ 자꾸 목과 어깨가 긴장되니 이완이 필요하다고……' 그랬구나. 나 긴장하고 있구나. 그동안 배 주사를 맞고, 시술대에 올라가고 결과를 기다리는 모든 것이 긴장의 연속이었는데 그것을 몰라주고 풀어주지 못했구나.

　미해결된 에너지는 흔히 근육의 긴장으로 나타나거나 심하면 신체통증으로 체험되기도 한다. 하지만 이를 자각함으로써 소외된 자신의 부분들을 접촉하고 통합할 수 있게 된다.*

　회사 스트레스로 상담을 받으러 온 내담자가 있었다. 주된 호소는 회사의 과중한 업무와 사람들과의 관계였고 증상들은 이미 몸으로 나타나고 있었다. 잦은 두통과 소화불량 그리고 이명증까지. 상담 중 자연스럽게 이명증에 대한 힘듦을 호소하던 내담자에게 나는 이명증이 심한 귀에 손을 대어보라고 했다. 그리고 귀가 말을 할 수 있다면 뭐라고 말할 것 같냐고 물었다.

　한참 후 내담자는 '더 이상 듣고 싶지 않아! 나한테 모두들 힘든 얘기들만 해'라는 말을 시작으로 어린 시절 힘들게 일하던 엄마를 대신해 집안일과 동생들을 챙겼으며, 엄마의 부정적이고 힘든 얘기까지 다 들어주던 장녀로서의 자신을 떠올리기 시작했다. 장녀로서의 역할과 책임의 무게감을 알아차릴 수 있었다. 상담이 끝난 후 자신도 몰랐던 이유를 알게 된 내담자는 이제부터 무엇을 해야 할지를 알게 되었다고 했다.

---

* 《게슈탈트 심리치료》(김정규 저, 2015, 학지사).

어린 시절의 장녀 역할과 책임이 회사 내 사람들과의 관계에서 고스란히 재연되는 것을 알아차리게 되었고 더 이상 그들의 이야기와 업무를 무작정 들어주지 않아도 된다는 것을 깨닫고 건강하게 거절하기 시작했다. 이명증은 결국 더 이상 다른 사람의 힘들고 부정적인 이야기를 듣고 싶지 않다는 내면의 소리로 자신을 지키고 보호하고자 했던 것이다.

신체감각의 자각을 통해 욕구나 감정을 알아차리고 미해결 과제를 해결할 수 있는 실마리를 제공한다. 나는 목과 어깨가 긴장된다는 것을 알아차린 후로 자연스럽게 이완을 위해 자세를 바꿔주며 스트레칭을 할 수 있었다. 나는 비로소 내 몸과의 어색함을 풀며 친해지기 시작했다. 몸의 긴장을 풀기 위해 내 몸에서 보내는 신호에 더욱 집중했다.

어느 날 누워서 가만히 내 아랫배를 만져본다. 더운 여름날이었지만 손을 가져다 대니 차가웠다. '몸은 더운데 내 아랫배는 이렇게 차갑구나.' 이제는 따뜻하게 해주고 싶다는 마음이 올라왔다. 두 손으로 온기를 다해 아랫배를 감싸며 따뜻함을 전해준다. 내 손과 발, 발목도 차다. 족욕기, 수면양말, 발목 워머, 보온 물주머니 등 따뜻함을 전해줄 새로운 아이템들을 장착한다.

"이제 내가 따뜻하게 해줄게~ 그동안 챙기지 못해 미안!"

Self counseling 9

신체와의 대화란,

게슈탈트 치료에서는 정신작용과 신체작용이 서로 불가분의 관계에 있다고 보기 때문에 지금 여기에서 느끼는 신체감각을 알아차리도록 요구합니다. 특히 긴장되어 있는 신체 부분에 대한 알아차림을 중시합니다. 그것은 긴장된 신체현상이 대개 통합되지 않은 감정들과 관련이 있기 때문입니다.[*]

- 혹시 몸에서 특별히 아프거나 불편한 곳이 있나요? 아니면 긴장되는 곳이 있나요? 신체감각을 한번 느껴보세요.

- 있다면 그 아프거나 불편한 곳, 아니면 긴장된 신체 부위가 무엇을 표현하려고 하는지, 그 신체 부위가 말을 할 수 있다면 뭐라고 말할 것 같나요? 그 말에 귀를 기울이며 느껴지는 대로 적어보세요.

---

[*]《게슈탈트 심리치료》(김정규 저, 2015, 학지사).

이완 1 - 심상기법(Imagery Psychotherapy)

심상기법은 긴장된 몸과 마음을 이미지 작업을 통해서 이완시 키는 방법이다. 배 주사를 맞을 때도, 난자가 잘 자라는지 초음 파로 확인할 때도, 채취나 이식을 앞두고도 시험관 시술 자체가 나에게는 기다림과 긴장의 연속이다. 다 잘될 거라는 막연한 말 로 긴장된 내 마음과 몸을 이완하려 하지만 그 말들은 잠시 스 쳐 지나갈 뿐이다. 막연한 기대감과 실패의 두려움에서 생각과 몸을 편안하게 하고 싶었다.

방법을 찾던 중 한 상담연수에서 체험했던 이완 방법이 생 각났다. 내 머릿속의 온갖 어지러운 생각들을 정리하고 편안하 게 지금, 여기에 머물고 싶었기 때문에 즉시 눈을 감았다. 눈을 감고 가장 좋았던 곳이나 평화로웠던 장소를 떠올린다. 그리고 그곳에서 느꼈던 햇살, 상쾌한 바람 그리고 자연의 냄새를 회 상한다.

내가 살면서 가장 편안하고 좋았던 곳이 어디였던가? 처음에 는 잘 떠오르지 않았다. 하지만 졸졸졸 물소리가 들리면 좋겠다 는 생각과 함께 나는 어느새 따뜻한 햇살을 머금은 나무 그늘 아래에 누워 있다. 시냇물 소리와 새소리 그리고 바람에 나무가

흔들리는 평화로운 자연의 소리를 들으며 내 몸과 마음이 이완되기 시작했다.

자연의 자연스러운 흐름의 소리들, 그 소리에 굳어 있던 내 마음과 몸도 자연스럽게 흐르기 시작했던 것일까. 더 자연스럽게 내 등은 의자 등받이와 하나가 되어갔다. 평화롭고 평안하다. 잠시 후 나는 눈을 뜬다. 잠시 머문 자리였지만 깊은 잠을 자고 일어난 듯 머리가 상쾌했다.

긴장을 푸는 또 다른 방법은 스스로 MRI를 찍듯이 머리부터 발끝까지 스캔을 하는 방법이다. 눈을 감고 머리부터 긴장된 곳이 있는지, 불편한 곳이 있는지를 스캔하는 것이다. 스캔을 하다 보면 피곤한 눈을, 굳은 어깨를, 타이트한 옷 때문에 불편한 배를, 그리고 허리에 무리가 가는 자세를 알아차릴 수 있다. 알아차리게 되면 곧장 자세를 바로 잡게 된다.

그런데 자꾸 긴장되고 힘이 들어가는 내 배가 알아차려진다. 착상이 잘 안 되었던 것도 이 때문일까?라는 생각이 들었다. 가만히 보니 나도 모르게 자꾸 배에 힘을 주게 된다. 앉아 있을 때도, 걸어 다닐 때도. 배에 힘이 들어간다는 것을 알아차릴 때마다 일부러 배에 힘을 빼본다. 배가 볼록 나온다. '이미 배는 임산부 배구나.' 이런 배를 감추고 싶었다는 것을 알아차린다. 당장 옷을 사야겠다. 펑펑하고 내 배를 편안하게 해줄 수 있는 옷으로!

Self counseling 10

심상기법을 통한 이완은 짧은 시간에 큰 효과를 볼 수 있는 이완방법 중의 하나입니다. 단지 방해받지 않을 장소에서 눈을 감고 가장 좋았던, 평화로웠던 장소를 떠올려 그곳에 머무는 것입니다. 자신의 호흡을 평안하게 가다듬으며 그곳이 주는 에너지로 자신을 채워보세요. 난임 시술 과정에서도 유용하게 적용할 수 있지만 업무 스트레스를 받거나 잠시 휴식을 취하고 싶을 때 해도 좋습니다.

- 머리를 기댈 수 있는 등받이 의자가 있으면 좋습니다. 만약 집이라면 편안한 자세로 누워 등을 바닥에 최대한 붙입니다. 눈을 감고 호흡을 가다듬은 후 가장 가고 싶은 장소, 평화로웠던 장소를 떠올려 잠시 머물러 보세요. 구체적으로 적어보거나 그려보세요.

- 이제 적었거나 그려본 이미지를 눈을 감고 머릿속으로 떠올려 보세요. 그리고 5분에서 10분 정도 머물러 보세요.

- 잠시 머물렀던 느낌이 어떤가요? 상상하는 것만으로도 기분이 좋아지는 것을 느꼈나요? 자신만의 에너지를 충전하듯 지금의 기분을 적어보세요. 나중에 지금 적는 글을 떠올릴 때마다 기분이 좋아지는 것을 알 수 있습니다.

이완 2 - 호흡과 명상

긴장이 되었거나 감정이 올라온다는 것을 가장 먼저 알아차릴 수 있는 것은 호흡이다. 가빠지는 내 호흡을 알아차리는 것만으로도 나의 감정 상태와 몸 상태를 알 수 있다. 나는 긴장되었다는 것을 알면 제일 먼저 심호흡을 하게 된다. 무언가 내 안에 차오르는 불편한 기운을 호흡으로 뱉어내다 보면 정화가 된다. 복식호흡으로 내쉬는 숨에서는 나쁜 감정과 불편한 기운을 뱉어내고, 들이마시는 숨에서는 좋은 기운과 평안을 받아들인다. 그렇게 반복하다 보면 어느새 몸도 마음도 차분해진 나를 알아차릴 수 있었다. 상담에서도 이 호흡법은 요긴하게 사용된다. 상담 중 내담자가 화가 올라왔을 때 호흡법을 통해 우선 진정시킨 후 그 화를 말로 표현할 수 있게 도와준다.

여러 차례 참여했던 5박 6일의 집단체험 프로그램에서 아침마다 명상시간이 있었다. 편안한 가부좌 자세를 취한 후 눈을 감는다. 나에게 떠오르는 생각들을 알아차리고 놓아버리는 훈련이다. 나에게 들어오는 생각을 막지 말고, 그 생각들을 보고 그냥 흘려보내는 훈련이었다.

처음에는 졸리기도 하고 생각을 놓아버리라는 말이 무슨 말인지도 몰랐다. 그저 허리가 자꾸 구부러지는 것을 알고 자세를 바로 잡기에 급급했다. 그러다가 문득 내 몸이 자연스럽지 않고 뭔가 강한 철심이 박혀 인위적으로 바른 자세를 하려고만 노력하고 있다는 느낌이 들었다.

머리를 중심으로 양 어깨를 삼지창 같은 철심으로 고정해서 붙들고 있는 듯한 불편한 느낌이었다. 나를 인위적으로 붙들고 있는 철심을 빼버리고 싶었다. 하지만 이걸 빼버리면 내 몸이 무너지는 것이 아닌가라는 생각이 스쳤다. 그 생각이 들자 강하게 붙들고 있는 그 부자연스러움에서 벗어나고 싶다는 생각이 더 강하게 들었다. 애써 곧게 펴려고 했던 자세에 힘을 빼듯 내 몸을 강하게 지탱했던 철심을 이미지로 쑤욱~ 뽑아냈다.

뭔가 시원하고 가벼웠다. 후에 그 철심은 어렸을 때부터 자세를 바르게 해야 한다고 들었던 당시 무서웠던 아빠의 말이 내사되어* 나를 강하게 사로잡고 있었다는 것을 알게 되었다. 나는 첫 명상 훈련을 통해 나를 강하게 붙들고 있던 내 몸의 부자연스러움을 알아차리고 뽑아낼 수 있었다. 그 뒤 자연스러워진 자세로 들어오고 나가는 생각들을 마주하고 놓아주며 그렇게

---

* 내사란, 내면화된 당위의 법칙에 지배를 받는 것, 마치 음식을 씹거나 맛보지 않고 통째로 삼키는 것과 같다. 《게슈탈트 상담의 이론과 실제》(페트루스카 클라크슨(Pertruska Clarkson) 지음, 2010).

내 생각들에 집중하며 비워낼 수 있었다.

결국 내 몸과 마음을 이완하기 위해서는 호흡, 명상, 심상기법 모두가 하나로 결합된다. 명상을 위해 가장 편안한 가부좌 자세를 하고 손은 양 무릎 위에 자연스럽게 놓는다. 눈을 감은 후 숨을 크게 들이마신다. 어느새 피톤치드가 가득한 숲속으로 가 있는 나를 발견한다. 숲에서 나무들이 주는 맑고 깨끗한 공기를 한껏 들이마시고, 내 안의 어둡고 불편한 기운을 내보낸다. 그렇게 들이마시고 내쉬고를 반복하며 내 호흡에 집중한다. 만약 생각이 떠오른다면 그 생각을 바라보고 놓아주면 된다. 붙잡지도 말고 회피하지도 말고, '그래 이 생각이 떠올랐구나.' 그렇게 내 생각들을 보고 놓아주며 내 안의 어두운 기운을 내보낸다.

난임 시술 과정에서 마음이 긴장되면 몸의 긴장으로 나타나기 때문에 몸과 마음을 유연하고 자연스럽게 하는 것이 무엇보다 중요하다. 시험관 진행 과정에는 크고 작은 시술들이 있다. 자궁경 수술이나 난자 채취 등 마취를 해야 하는 상황들도 종종 있다. 긴장된 상태에서 마취를 한다거나 시술을 하게 되면 나도 모르게 몸에 힘이 들어가고 근육이 수축될 수밖에 없다.

특히 이식 후 착상이 되는 3일에서 5일 동안은 더욱 자궁을 이완하는 것이 중요하다. 긴장된다는 것을 알아차리면 풀어주면 된다. 몸에 힘이 들어가는 부분을 알아차렸다면 힘을 빼주면 된다. 미리 내 몸을 알아차리고 유연하고 자연스럽게 내 몸과 친해지는 연습이 필요하다.

Self counseling II

- 호흡만으로 하는 이완 방법입니다. 편안한 자세로 코로 들이마시는 숨에 좋은 기운과 평안을 받아들이고, 입으로 내쉬는 숨에 긴장된 마음이나 불안을 내보냅니다. 마치 들이마시는 숨에는 배가 풍선처럼 빵빵해지고, 내쉬는 숨에는 빵빵한 풍선에서 바람이 빠지는 모습이라 생각하면 조금 더 쉬울 수 있습니다.

- 이렇게 하다가 생각이 떠오른다면 바라보고 놓아주세요. 호흡과 함께 하는 명상입니다. 거기에 그려지는 심상 즉 이미지가 있었다면 적거나 그려보세요. 만약 명상이 끝났을 때 기억되는 이미지가 없다면 그대로도 좋습니다. 억지로 뭔가를 남기려 하지 마세요.

12

자기 지지하기

강점 및 자원 찾기

시험관 시술의 계속되는 실패로 어느새 나도 모르게 마음과 몸
은 피폐해져만 갔다. '이번에도 안 됐어. 또 실패야…….' 어느
새 자존감은 바닥을 치고 나는 무엇을 해도 안 되는 실패자 같
다는 생각에 사로잡혔다. 이 부정적인 생각은 나에게 무기력과
우울감을 더해줬다. 내 안에서 '아이를 갖지 못한다고 너의 존
재가 무가치한 것은 아니잖아'라는 소리가 들리지만 너무 작았
다. 아니 듣고 싶지 않다. 그야말로 부정적인 생각과 에너지로
손 하나 까닥하고 싶지 않아 그저 잠 속으로 빠져들고 싶은 날
의 연속이었다. 내가 잠 속으로 빠져들어도 나를 방해하는 것은
남편의 걱정 어린 전화일 뿐 그 외 어떤 것도 나를 방해할 것이

없었다.

그런데 그렇게 깊은 수렁에 빠져 있다가도 나를 일어나게 하는 것이 있었다. 바로 상담을 하는 선생님들과의 스터디 모임들이었다. 그 무렵 세 개의 스터디 모임에 참석하고 있었다. 내가 너무 좋아하고 존경하는 교수님들과 함께 하는 자리도 있어서 빠지고 싶지 않았다. 마치 평상시는 걸리버 여행기의 걸리버가 소인국에서 눈을 떴을 때 온몸과 머리카락이 묶여 꼼짝도 못하고 누워만 있는 모습이었다면, 상담 스터디를 가기 위해서는 묶여 있었던 것이 맞나 싶을 정도로 너무 쉽게 일어나는 것이었다. 이건 또 뭐지? 나는 또 내가 궁금해지기 시작한다.

내 안의 상담사	소인국에 잡혀 있는 걸리버처럼 꼼짝없이 누워만 있다가도 어떻게 이렇게 일어날 수 있어? 이렇게 일어날 수 있는 힘은 뭐야?
나	글쎄, 힘이라 생각해 보지 않았는데……. 약속을 했으니 지켜야 한다는 성실함? 책임감? 글쎄, 생각해 보지 않은 거라 잘 모르겠네.
내 안의 상담사	무기력과 우울감에서 스스로 빠져나오는 힘이 분명 있어.
나	그래? 그러게. 누워만 있다가도 일어나는 거 보면 맞는 것

같긴 해.

내 안의 상담사 그 힘을 한마디로 표현한다면?

나 음…… 안전장치.

내 안의 상담사 안전장치?

나 나도 정확히는 잘 모르겠는데. 나도 모르게 안전장치를 해 놓은 것이 아닌가라는 생각이 들었어. 만약 지금처럼 시험관이 또 실패했는데 나를 일어나서 움직이게 하는 것이 아무것도 없다면 다시 일어나서 활동하는데 시간이 너무 오래 걸리지 않을까라는 생각이 들었어.

내 안의 상담사 만약을 대비해 움직일 수 있는 안전장치를 본인도 모르게 해두었던 거네.

나 그러게. 나도 몰랐는데 스터디가 안전장치가 된 셈이네.

내 안의 상담사 그런데 어떻게 안전장치인 스터디를 한 개도 아니고 세 개씩이나 할 수 있었어?

나 세 개나 되는지 잘 몰랐어. 내가 사람들과 같이 하는 걸 좋아하나 봐. 혼자 하는 것보다 같이 하면 더 재미있고 꾸준히 할 수도 있고, 상담하는 사람들이라 정말 도움이 되는 이야기들이 많거든. 각자 알아차림도 나눌 수 있고. 뭔가 끊임없이 계획하고 일을 만들어 추진하고. 거기에서 힘을 많이 얻는 것 같아.

내 안의 상담사	그랬구나. 너무 다행이야. 일어나서 움직이게 하는 스터디가 있고, 그 스터디를 같이 하는 좋은 사람들이 있어서.
나	응. 내가 상담을 정말 좋아하나 봐. 재미있고 더 잘하고 싶고 그러니깐 그렇게 배우러 다니겠지? 내가 좋아하는 일을 하고 있었구나. 그냥 약속을 했으니깐 지킨다고만 생각했는데, 스스로 나를 보호하고자 안전장치까지 해놓은 거네. 내가 좋아하는 일로. 내가 아는 나보다 더 영리하고 세심한 면이 있나 봐. 암튼 다시 일어나게 해줘서 고마워!

남편은 스스로를 잘 챙기는 사람이다. 아침밥을 차려주지 않아도 스스로 차려먹고 출근을 했다. 그런 남편의 배려가 좋으면서도 한편으로는 내가 아내로서 집에서 반드시, 꼭 해야만 하는 일은 없었다. 내 의지대로 하면 좋을 뿐이었다. 그러다 보니 집에서 보내는 시간이 너무 많았고 너무 느렸다. 아이도 없는데, 일도 없이 가정주부로만 지내는 것이 힘들었다.

다른 주부들은 아침에 늦잠을 자고 싶어도 아이 등원, 등교 준비에 어쩔 수 없이 일어날 수밖에 없는 상황들이 있겠지만 나는 나 외에는 챙길 것이 없었다. 아이 생각을 하지 않았을 때와 달리 이런저런 이유들이 나를 끌어내리고 늘어지게 하고 있었다. 그렇다 보니 스스로 일어날 수 있게 하는 무언가가 필요했던 것이다. 그것이 내가 좋아하는 상담 공부였다니. 내가 좋아하는 일이자, 나를 알아차리게 하는 일이 나를 일으키는 또 다른 힘이 되었다는 것에 고맙고 또 고마웠다.

난임 기간이 길어지다 보면 내 일도, 나의 역할도 희미해질 때가 있다. 챙겨줄 아이가 없다 보니 나만의 시간표대로 움직였다. 그런데 그 시간표에는 꼭 해야 할 일은 없다. 하면 좋을 뿐이었다. 그것이 오히려 편할 때도 있지만 자신을 무한정 바닥으로 끌어내릴 때가 있다. 평소와 달리 현실이 무기력하게 느껴지고 무엇을 해야 할지 모르는 상황이 온다면 자신이 무엇을 좋아하는지, 꼭 일이 아니더라도 좋아하는 것들을 찾아보자. 어릴 때 방학이 시작되면 제일 먼저 했던 하루 일과표를 만들어 보자. 최대한 잘게 자른 일정에 자신을 던져보는 것도 방법이다.

Self counseling 12

실패를 거듭하다 보면 어느새 무기력과 실패감에 며칠씩 아무것도 못할 때가 있습니다. 반드시 해야 할 일들이 있다면 어떻게든 일어나 일상생활을 해나가겠지만 무기력한 상태에서는 반드시 해야 할 일들이 잘 느껴지지 않습니다. 깊은 수렁에 빠져 있는 것처럼 느껴지지만 헤어 나오기가 더 싫고 힘듭니다. 전화도 귀찮아지고 만남도 피하게 됩니다. 하지만 저에게 스터디만은 달랐습니다. 그것이 무기력에 빠져 있던 저를 건져올리는 안전장치가 되었다는 것은 후에 알아차릴 수 있었습니다.

- 혹시 자신이 무기력에 빠져 있다는 것을 알고 있나요? 스스로 무기력에 빠져 있는지 아닌지를 알아차리는 것만으로도 도움이 될 수 있습니다. 만약 더 빠져 있고 싶다면 자신에게 시간을 주고 기다려 주세요. 나의 상태를 스스로 안다는 것 자체가 또 다른 해결책을 찾게 이끌어 줄 때가 있으니까요.

- 지금 무기력에 빠져 있나요? 그렇다면 어떤 면에서 그런지를 적어보세요.

- 이제는 빠져나오고 싶은가요? 나를 끌어올려 줄 안전장치가 필요한가요? 그렇다면 한번 찾아보세요. 언제 자리를 털고 일어나 움직일 수 있었나요? 아주 사소한 것이라도 무기력에 빠져 있던 자신을 조금이라도 움직이게 해준 것이 있다면 적어보세요. 그것이 당신의 안전장치일 수 있어요. 남편과 함께 하는 산책일 수도 있고, 좋아하는 커피를 마시러 가는 일일 수도 있습니다. 그렇게 작은 움직임 하나로 내가 다시 환경과 접촉할 수 있다는 것이 중요합니다.

간접적인 칭찬

"어떻게 그렇게 할 수 있었어?" 내가 남편에게 자주 하는 칭찬
이다. 이 칭찬법을 해결중심 상담에서는 간접적인 칭찬이라고
한다. 남편이 청소나 설거지를 해놓으면 당연하게 여겼던 어느
날, 평소와 다르게 더 말끔하게 청소가 되어 있는 모습을 보고
"어떻게 청소를 이렇게 말끔하게 할 수 있었어?"라고 묻자 남
편의 얼굴이 환해진다. 궁금함에 또 한 번 더 물었다.

"진짜 어쩜 청소를 이렇게 깨끗하게 할 수 있었어?"

남편은 왜 그러냐며 평소와 다른 칭찬에 웃으며 너스레를 떤
다. 그런데 더 신기한 건 그 뒤로 그렇게 청소하는 빈도수가 많
아졌다는 것이다. 어느덧 과일 깎는 일도 그렇게 남편의 몫이
되어버렸다.

이 간접적인 칭찬은 내담자들에게도 자주 쓰는 질문기법이
다. 특히 모든 연령층의 대상자들에게 질문을 해도 모두 똑같이
웃으며 손사래를 치지만 그렇게 할 수 있었던 일들에 대해 기
분 좋게 이야기를 이어간다. 자신의 강점과 장점을 발견하고 문
제로 가져왔던 것들의 예외상황을 찾아 그 문제를 스스로 해결
할 수 있게 되는 것이다.

그런 간접적인 칭찬을 오늘은 나에게 해준다. 어떻게 자궁근

종 수술을 할 수 있었는지. 처음 시험관을 시작할 때는 자궁에 혹이 작게 있었다. 크기가 작아서 그리 영향을 미치지는 않을 것 같다고 했다. 하지만 시험관 차수가 지날수록 호르몬의 영향이었는지 자궁의 혹은 커져만 갔다.

계속 실패를 거듭하는 것을 본 의사가 자궁의 혹 제거 수술을 권하였다. 현재 드러나는 출혈이나 배 통증이 없다고 해도 자궁의 혹은 배아의 착상을 방해할 수 있어서 난임의 원인이 된다고 하였다. 자각 증상이 없으면 굳이 치료나 수술을 하지 않아도 되지만 나는 현재 임신을 원하는 상태이니 자궁근종 제거 수술을 하는 것이 임신 성공률을 높일 수 있다고 하였다. 그리고 후에라도 증상이 나오게 된다면 어차피 제거 수술을 해야 할 수도 있다고 하였다. '아…….' 나도 모르게 탄식처럼 나오는 한숨. 나는 고심하지 않을 수 없었다.

조금이라도 자궁의 혹으로 인한 증상이 있었다면 조금 더 쉽게 결정을 할 수 있었을까? 한동안 아무 결정도 할 수가 없었다. 이렇게까지 해서 아이를 갖는 것이 맞는 것인지조차도 판단이 서질 않았다. 그렇다고 수술을 안 하고 시험관을 진행하기에는 그 결과는 불을 보듯 뻔했다. 나는 또 큰 산과 마주했다. 수술이라는 산이다. 그런데 너무나도 무섭고 큰 산이다. 또 내가 넘어야 할 산. 여기까지 왔는데 뒤돌아설 수도, 그 산을 피해 돌아갈 수도 없는 산. 고심 끝에 그냥 또 묵묵히 넘어가기로 했다.

내 안의 상담사   많이 아팠지?

나   응, 생각보다 아프네.

내 안의 상담사   애썼어~ 그런데 어떻게 그렇게 할 수 있었어? 자궁근종 수술을 하기로 결심하고 수술까지 하는 과정이 쉽지 않았을 것 같아. 몸이 아프고 이상이 있었던 것도 아닌데, 다만 아이를 갖기 위해 자궁의 혹이 방해가 된다는 이유만으로 수술을 한다는 게 마음이 너무 어려웠을 것 같아.

나   의사선생님의 권유가 있었지. 자궁근종 수술을 하고 와야 다음 차수를 진행해 준다고……. (웃음)

내 안의 상담사   그래도 결정은 스스로 한 거잖아. 어떻게 그렇게 할 수 있었는지 궁금해.

나   음……. 지금은 증상이 없어도 시간이 지나면 증상이 나올 수도 있다고 하니깐. 후에라도 수술을 해야 한다면 지금 하는 것도 나쁘지 않을 것 같았어. 어차피 해야 할 수술이라면 빨리 해야겠다는 생각도 있었고, 그보다는 임신에 방해가 된다니깐 해야 한다고 생각했어. 그냥 아이 갖는 것에 최선을 다하고 싶었어. 지금 여기에서 내가 할 수 있는 것이 있다면. 그래야 나중에 진짜 아이를 가질 수 없는 나이가 되더라도 후회를 안 할 것 같았어.

내 안의 상담사   후회를 안 할 것 같아서? 후회를 하면 안 돼? 후회를 하게

되면 어떻게 될 것 같은데?

나   음······. 후에 지금 이 시간을 후회하게 된다면 그냥 내 자

신이 너무 초라할 것 같아. 그땐 정말 하고 싶어도 아무것

도 할 수가 없잖아. 지난날을 돌아보며 내가 최선을 다해

보지 않은 일들에 매달려 있고 싶지 않아. '그때 내가 자궁

근종 수술을 했었더라면······' 하고 후회해 봤자 아무 소용

이 없는 거잖아. 후에 아이가 없더라도 오늘을 뒤돌아봤을

때 후회도, 미련도 없었으면 좋겠어. 어쩌다 살짝 뒤돌아

보게 되더라도 그저 '나 그때 자궁근종 제거 수술까지 했

잖아. 정말 그때 할 수 있었던 것은 다했어~ 그래서 미련

도 후회도 없어'라는 말을 하고 싶어. 그렇게 내가 나를 알

아주고 인정해 주면, (눈물) 그거 하나면 충분할 것 같아.

내 안의 상담사   그래, 맞아. 정말 최선을 다하고 있어!

나   응. 고마워~

Self counseling 13

간접적인 칭찬이란, 해결중심 상담에서 해결책 구축을 위한 질문기법 중의 하나입니다. 내담자의 특정한 대처방법이 긍정적인 것을 암시하는 질문으로 내담자가 자신의 강점이나 자원을 발견하도록 이끄는 것입니다.[*] 스스로를 칭찬할 일들은 너무나 많습니다. 다만 익숙하지 않아서 안 할 뿐이지요.

- "어떻게 그렇게 할 수 있었나요?"를 넣어서 자신을 칭찬해 보고 그에 대한 답도 적어보세요. 자신도 몰랐던 내면의 힘과 생각을 발견할 수 있을 거예요.

    예) – 많이 두려웠을 텐데 어떻게 그렇게 배에 주사를 놓을 수 있었어?
    – 어떻게 그렇게 운동을 꾸준하게 할 수 있었어?

---

[*] 《해결중심단기치료》(정문자 외 4명 공저, 2013, 학지사).

글로 표현하기

일기를 쓰면서 혹은 글을 쓰면서 마음이 해소되고 정화되었다
는 이야기들을 종종 들을 수 있다. 그만큼 글을 쓴다는 것이 내
마음을 내어놓고 직접 눈으로 볼 수 있는 가장 쉽고 접근성이
좋은 방법 중의 하나인 것 같다. 내 마음속에 복잡하게 얽혀 있
고 무엇인지 모르는 답답한 것들을 종이 위에 쏟아내고 그것을
다시 확인함으로써 지금 내 마음의 흐름과 감정 상태를 알아차
릴 수 있는 것이다.

나는 형식 없이 그저 지금 여기에서 내 의식의 흐름대로 글
을 쓰는 것을 좋아한다. 지금, 여기에서 내 마음에 떠오르는 것
을 흐름대로 가감 없이 쓰는 것이다. 그것이 사람에 대한 것이
든, 일에 대한 것이든, 뭔가 복잡한 내 마음을 풀어내기에는 딱
좋다. 어느 정도 쓰고 나면 내 안에 시원한 느낌이 든다. 그냥
내 마음을 가감 없이 쏟아내기만 하면 된다. 누구에게 보여주기
위해 쓰는 글이 아니라 내가 나를 비워내고 싶어서, 내 마음을
알아차리고 싶어서 그렇게 끄적거린다.

나는 시험관을 하면서 무서웠고, 힘들고, 뭔지 모를 불편함과
우울함 등을 종이 위에 많이 쏟아내었다. 나조차도 몰랐던 내

마음들을 눈으로 다시 확인하며 이제 내 생각과 마음의 감정들을 살펴볼 수 있다. 그리고 그 글에 제목을 붙여보면 더욱 선명하게 나를 알아차릴 수 있다. 형식도 구성도 없지만 내 마음대로 쏟아놓은 글은 나만의 감정 창고가 되었다. 하지만 어떨 때는 다 쓴 글을 그 자리에서 갈기갈기 찢어 휴지통에 던져버릴 때도 있었다. 그러고 나면 뭔지 모를 쾌감도 있었다. 그러면 된다. 꼭 글을 남겨 확인해야 할 필요는 없다. 내 감정의 글을 쓴다는 것은 내가 지금 여기에 머물고 있다는 것이다. 그렇게 나만의 글을 쓰며 오늘도 나를 알아차리며 돌본다.

Self counseling 14

글로 표현하는 방법 중에 일기를 쓰거나 낙서를 하듯이 내 마음의 상태를 표현해 볼 수 있습니다. 뭔가 비워내고 해소하고 싶다면 종이 한 장과 펜을 준비하세요.

- 빈 종이에 지금 떠오르는 단어나 문장을 적어보세요. 그것에 연상되는 단어나 문장을 계속해서 꼬리에 꼬리를 물듯이 써 내려가는 방법도 글을 문장으로 쓰는 것보다는 쉽고 의외로 자기에 대한 호기심을 불러일으킬 수 있습니다.

- 아니면 지금 여기에서 느껴지는 감정을 적어보세요. 그리고 왜 그 감정이 느껴졌는지도 써보세요. 그렇게 쓰다 보면 내 진짜 마음을 알아차릴 수 있을 거예요.

- 감사일기도 적극 추천합니다. 하루에 감사한 일을 간단하게 적어보는 것도 좋습니다. 감사한 일들이 더 많아지게 하는 마법 같은 글쓰기입니다.

13

이미지 기도

나만을 위한 기도

나는 잠들기 전에 하는 기도가 있다. '이미지 기도'라고 이름은
들었지만 출처는 정확히 알 수가 없다. 이 기도는 자리를 잡고
두 손 모아 하는 기도가 아니다. 마치 학교에서 돌아온 아이가
엄마에게 하루 일과를 조잘거리듯이 잠들기 전 잠자리에 누워
이미지 안에서 신에게 하는 기도이다.

　아무런 형식이나 제약이 없어 누구나 쉽게 따라 할 수 있는
기도이다. 누구에게나 귀하고 사랑하는, 자신이 기댈 수 있는 분
은 있을 것이다. 그것이 누군가에게는 신이 될 수도 있고, 누군
가에게는 돌아가신 부모님일 수도 있을 것이다. 그분이면 된다.

이미지로 그분과 내가 만나는 장소를 그린다. 나는 푸르른 언덕에 크고 그늘이 짙은 나무 그리고 그 나무 밑에서 항상 나를 기다리고 계시는 모습을 이미지로 그렸다. 그곳에서 나만의 그분을 만난다.

푸른 들판 풍성한 나무 아래에 계신 분, 그분 옆에선 어느새 어린아이가 되어버리는 나는 하루 일과를 이야기한다.

"오늘은 이런 일이 있어서 기뻤어요. 그리고 이런 일이 있어서 속상했어요."

쉼 없이 조잘조잘 거리며 이야기들을 쏟아낸다. 그렇게 내가 하고 싶은 이야기들을 쏟아낸 후, 내 이야기를 듣고 어떤 말씀을 해주실지 기다린다. 그러면 "허허." 그저 웃으신다. 어떤 날은 머리를 쓰다듬어 주실 때도, 안아주실 때도, 괜찮다고 하실 때도 있다. 나의 이야기에 그분의 대답으로, 몸짓으로 나의 하루를 마무리하다 보면 어느새 깊은 잠에 빠져들어 버린다.

그렇게 시작되었던 내 이미지 기도는 난임 과정 속에서 감정의 널뛰기를 하며 내 마음을 그분께 고스란히 쏟아냈다. 어느 날은 그분의 옷자락을 붙들고 매달리기도 했다.

"너무 아이가 갖고 싶어요. 저 좀 도와주세요!"

그런 날이면 펑펑 울며 잠이 들었다. 또 다른 날은 아이를 주신다면 이런, 이런 일들을 하며 그 은혜에 보답을 하겠다고 온갖 감언이설로 그분을 설득해 본다. 또 다른 날은 화를 내며 등을 돌려 서 있는 날도 있었다. 또 다른 날은 그분이 언덕에 계신 것만 확인하고 그냥 돌아서 나와버린 적도 있었다.

이런 이미지 기도는 내 감정을 고스란히 반영했다. 떼쟁이 어린아이처럼 울며불며 매달리기도 하고, 다시 가서 내 마음을 진지하게 전해보기도 하고, 삐치기도 하고, 화도 내보고, 사춘기 아이처럼 반항하듯 토라져 돌아서기도 했다. 그럴 때마다 그분은 묵묵부답일 때가 많았지만 같이 마음 아파하며 안타까워하는 마음만은 느껴졌다. 그리고 언제나 항상 그 자리에 계셨다. 나만 내 기분대로 왔다 갔다 했을 뿐이다.

어린 나이에 돌아가신 엄마를 너무 그리워했던 내담자가 있었다. 그 그리움은 현재 내 아이를 어찌 돌봐야 하는지, 엄마로서 잘하고 있는 건지 모든 것이 불확실했고 그 불확실성은 아이 양육 문제로 고스란히 나타났다. 너무도 이해가 됐다. 한창 엄마의 보살핌이 필요했던 어린 나이에 엄마를 잃고 우왕좌왕했을⋯⋯. 성인이 된 후 결혼을 하고 자녀를 낳으니 더욱 엄마의 자리는 커졌고 어떤 것으로도 채우질 못했다. 이미지 기도는 아니었지만 엄마가 지금 여기 계셔서 하영님(가명)의 이야기를 듣고 있다면 뭐라고 하실 것 같냐고 물었다. 그 말이 끝나기가 무섭게 내담자는 손으로 얼굴을 감싼 채 울기 시작했다. 한참 후 간신히 내담자는 말문을 열었다.

"엄마가 잘하고 있다고 얘기해 주실 것 같아요. 엄마가 너무 보고 싶어요."

마음속으로만 담고 있던 엄마에 대한 그리움을 덜어내며, 엄마가 건네줄 것 같은 희망의 메시지를 마음에 담기 시작했다.

Self counseling 15

누구나 존경하고 자신이 기댈 수 있는 분이 있을 것입니다.
너무 고통스럽고 힘들 때 내 마음을 내어놓을 수 있는 사람,
언제나 내 편이 되어줄 수 있는 분 또는 신께 내 마음을 내어
놓아 보세요. 그것이 푸념이 되어도 좋고, 넋두리가 되어도
좋습니다. 지금 느끼고 있는 아픔, 고통, 힘듦을 얘기하고
그분이 내 이야기에 뭐라고 대답해 주실지 귀를 기울여 보
세요.

▪ 꼭 나를 지지해 주고 응원해 주실 분으로 선택하는 것을 권해드
  립니다.

5부

감정의 소용돌이에

빠졌나요?

감정의 소용돌이

....
감정의 줄타기에서 내려오는 법

스스로 난임이라는 사실을 받아들이고, 임신을 위해 적극적인 시술 방법들을 진행하고 기다리는 과정 속에서 감정의 널뛰기는 너무나도 당연하다. 호르몬제인 먹는 약 자체도 그렇고, 아프지도 않은 몸에 주사를 놓고 결과를 기다리며 인내하는 시간, 그리고 어느덧 엄마가 다 되어버린 친구들과 다른 나만의 일상 등 이루 다 말로 표현할 수 없는 상황들과 감정들이 파노라마처럼 펼쳐진다.

학회 사례 발표가 있는 날 아침이었다. 배 주사도 맞아야 하는데 일찍 서둘러 가야 하는 상황에서 자가 배 주사를 놓을 수 없어 난감하던 차였다. 다행히 토요일이라 남편이 함께해 주었고 사례 발표회장에 도착해 주차장에서 시간에 맞게 배 주사를 맞을 수 있었다. 사례 발표로도 정신없고 긴장되는 상황에 배 주사까지 맞아야 한다는 것에 속상하고 복잡한 마음이 몰려왔다. 화장실로 가 마음을 진정시킨 후 사례 발표를 할 수 있었다. 화장실이 이렇게 마음 편한 곳인지 처음 알게 된 날이다.

친구들과 함께 여행을 가도 친구들은 되도록 아이 이야기를 안 하는 것이 느껴진다. 하지만 내가 자리를 비우게 되면 아이 이야기로 바빠지기 시작했다. 그냥 나 있을 때 해도 되는데, 친구들의 배려라 생각하지만 마음 한편이 편치는 않다.

차마 나에게는 알릴 수 없었다며 결국 나만 모르고 있던 친구의 임신 소식, 돌잔치에 부를 수가 없었다는 가까운 지인, 임신 사실을 말하지 않고 있다가 유산이 되고 나서야 나에게 말하던 친한 언니, 그렇게 아슬아슬하게 인간관계 안에서 감정의 줄타기를 하고 있었다.

살짝 왔다 스쳐가는 감정들을 알아차린다. '난 지금 화가 나는 것 같아, 슬퍼, 그건 좀 서운해……' 이런 감정들을 고스란히 마주한다. 감정들을 마주하고, 그 이름을 아는 것만으로도 지금의 나를 알아차릴 수 있다. 그래야 '그래, 맞아. 화가 날 수밖에 없지, 슬픈 게 당연해, 서운하게 맞아!'하며 맞장구를 칠수 있다. 당연한 감정들이다. 내가 느끼는 감정에는 옳고 그름이 없다. 있는 그대로 내 감정들을 수용하고 인정해 주면 될 뿐이다. 그 감정이 해소되고 나면 그 다음은 이성적인 판단이 올바른 생각들을 이끌고 온다.

슬픔의 강

5박 6일의 집단체험이 있던 마지막 날, 오전 활동은 그동안의 일정을 정리하며 나를 알아차리는 마지막 시간이었다. 고요히 눈을 감고 지금, 여기에 집중한다. 그동안의 작업들에 대해 나눌 때, 갑자기 슬픔의 강 주위를 맴돌고 있는 내 모습이 그려졌다. 슬픔의 강에 빠지지 않으려고 아슬아슬하게 그 가장자리를 맴돌고 있는 나의 모습이 그려졌다. 그 모습에 저러다 혹시라도 빠지면 어쩌지?라는 걱정이 앞섰다. 만약 저 슬픔에 빠진다면 헤어 나오지 못할 것 같았다. 두렵고 무서웠다. 더 깊은 절망속으로 빠져서 헤어 나오지 못할 것만 같았다. 하지만 무슨 용기였는지 그냥 한번 빠져보고 싶다는 생각이 앞서기 시작했다. 그리고 드디어 용기를 냈고 나만의 슬픔의 강으로 퐁당 빠져들었다. 깊은 수심 아래로, 아래로 가라앉는 느낌이었다. 나도 모르게 팔다리를 모으고 몸을 둥글게 감쌌다. 고요하고 조용했다. 집단원들은 여전히 이야기들을 하고 있는 상황이었지만 그 순간 나에게는 아무 소리도 들리지 않았다. 오직 나만의 슬픔을 고스란히 내 온몸과 마음으로 받아들이고 있었다.

그런데 이상할 정도로 평온했다. 오히려 슬픔의 강 표면에서 찰랑찰랑 요동치는 얕은 물살을 맞을 때는 '어쩌지, 어쩌지'하면서 안절부절못했다. 하지만 깊은 심연 속으로 빠져든 슬픔은 오히려 나를 평온하게 받아주고 온전히 감싸 안아주는 것 같았다. 나만의 슬픔의 강에 푹 빠져 평온함과 고요함을 흠뻑 맛볼 수 있었다.

그렇게 슬픔의 강에 빠지고 난 후 나는 더 이상 괜찮지 않았다. 나의 슬픈 마음을 알았기에 괜찮은 척 웃음이 나오지 않았다. 자연스럽게 불편한 모임은 줄어들었고 나는 내 슬픔에 충실할 수 있었다.

Self counseling 16

누구에게나 이런 순간은 필요합니다. 슬픈데 슬프지 않은 척 참아내는 데는 분명 한계가 있습니다. 누가 봐도 지금 슬픈 것이 당연한데 괜찮은 척한다는 것은, 결국 자기 자신에게 가면을 씌우는 것과 같습니다. 좀 더 자유롭게 자신을 표현해 보세요. 슬플 땐 그 슬픔에 빠져보는 것도 좋습니다.

"난 지금 슬퍼, 슬프구나. 맞아. 지금 상황에서는 슬픈 것이 당연하지!"

충분히 공감해 준 후, 즐거워지고 싶다면 그때 즐거운 모임에 참석하면 됩니다. 하지만 내가 가면을 쓰고 '괜찮은 척'하고 있어야 할 자리라면 피하시길 권해드립니다. 그 시간 나의 슬픔을 돌보고, 마음 편히 할 수 것들을 찾으시길 권해드립니다.

분노의 화살

분노, 화하면 불이 먼저 떠오른다. 그 불은 우리 몸을 따뜻하게 해주고, 맛있는 요리를 해주는 유용한 불이기도 하지만 자칫 잘못하면 화재를 일으켜 모든 것을 태워버릴 수 있는 걷잡을 수 없이 무섭고, 강력한 불도 있다. 그런 불같은 분노를 어떻게 사용하느냐는 우리에게, 나에게 달려 있는 중요한 감정이다. 그렇기에 화를 내는 것이 무조건 나쁜 것이라고만 생각하는 내담자들이 많다. 하지만 화는 건강한 방법으로 표현되면 유용한 불처럼 우리 삶에 에너지를 주고 변화하고자 하는 동기를 부여해준다. 그리고 자기주장을 할 수 있게 해주며, 무력감을 줄여주고 창조력을 키워주는 긍정적인 힘이 된다.*

난임을 겪으면서 가장 많이 만났던 감정이 화와 분노이다. 왜 나만 아이를 갖기 위해 이런 과정을 겪어야 하는지 도저히 납득이 되지 않았다. 매일 밤을 이미지 기도로 매달리고, 떼도 써보고, 지금 내가 얼마나 힘든지를 얘기하다 어느새 잠이 들기 일쑤였다.

---

* 《좋은 부모의 시작은 자기 치유다》(비벌리 엔젤 저, 2009, 책으로 여는 세상).

어느 날 꿈속에 예수님께서 한 사람 한 사람에게 예쁘게 포장된 선물 상자를 주신다. 선물을 받은 사람들은 기뻐하고 감격해한다. 나도 한껏 기대에 부풀어 있다. 드디어 내 차례다. 내 앞에 오신 예수님이 나를 보신다.

'은주! 잠깐만 은주는 이거' 하시며 나에게만 다른 선물을 주신다. 남들과 다른 선물……. 왜 나는 남들과 다른 선물인 걸까? 실망감과 함께 화가 나기 시작한다. '나도 남들과 똑같은 걸로 주세요!'라며 울부짖는다. 그렇게 잠에서 깨어난 나는 서운한 마음에 한참을 울었다.

자녀의 잉태를 흔히들 신의 선물이라고 말한다. 하지만 그 선물이라고 하는 자녀를 왜 나에게는 주시지 않는 걸까? 끊임없이 물었다. 하지만 나는 신의 크신 뜻을 알 수 없다. 화가 났고 분명한 대답이 필요했다. 나의 분노의 화살은 그렇게 신께로 향했다. 삐치기도 하고, 울며 매달리기도 하고, 외면하기도 하고, 소리도 지르며 그렇게 내가 낼 수 있는 화를 표현했다. 그래도 부정할 수 없는 것은 간절할수록 신도, 아이도 내 마음에서 놓아지지가 않았다.

다행히 내 화의 대상은 신이었으니 맘껏 화를 표현했고 내 방식대로 표출했다. 그렇게 한다 해도 상대가 상처받을 걱정은 하지 않았다. 나에게 그분은 너무나도 안전한 상대였기 때문이다. 하지만 난임 상담을 하다 보면 난임의 원인이 불명확할 때도 있지만 대부분은 드러난다. 그것이 아내든, 남편이든……. 하지만 그건 표면상 임신의 어려움으로 드러나는 것이지 그 안을 자세히 들여다보면 그것이 꼭 아내만의 문제, 남편만의 문제가 아님을 알게 된다.

무정자증 남편 때문에 임신이 되지 않는 내담자가 남편에 대한 화와 원망을 쏟아놓는다. 맞다. 처음에 드는 1차 감정이다. 그 감정을 고스란히 쏟아내도록 도와준다. 보통은 그런 후에 이것이 진짜 남편의 잘못인지 내담자 스스로가 알아차리게 된다. 그 누구보다 그 원인으로 지목된 배우자인 당사자가 가장 힘들다는 것을 내담자 자신도 곧 알게 되는 것이다. 난임 상담을 하면서 알았다. 난임은 누구의 잘못도 아니라는 것을. 그저 삶이 부부에게 주는 공동과제일 뿐이다. 과제를 어떻게 풀 것인가는 오직 한 팀이 되어 있는 부부만의 영역이고 존중받아야 할 선택인 것이다.

Self counseling 17

활활 타고 있는 분노의 화살 끝이 지금 누군가에게로 향하고 있나요? 그 화살을 쏘기 전이라면 잠시 내려놓고 차 한 잔 마시길 권해드립니다. 그리고 그 시선을 하늘로, 구름으로, 나무로 옮겨보세요. 숨을 고르고 올라오는 감정이나 상황들을 글이나 그림으로 표현하면서 우선 쏟아내 보세요. 정리가 된 다음에 배우자에게 또는 상대방에게 하고 싶은 말이 있나요? 있다면, "나는 이러할 때(상황), 이런 기분이나 마음이 든다(감정)"처럼 문장의 주어로 '나'를 사용하는 I - 메시지로 이야기를 시작해 보세요. 감정의 주체자가 되어 감정을 표현할 수 있습니다.

절대 "당신이 이렇게 해서, 너 때문에"라는 비난의 말은 금물입니다.

혹시 분노의 화살을 이미 쏜 상태라면 그 화살을 맞은 사람을 살펴보세요. 많이 아파하고 있는지를요. 그리고 더 중요한 것이 있습니다. 그 화살을 쏜 자신도 많이 아프다는 사실입니다. 그렇게 화살을 쏜 자신을 비난하지 말고 쏠 수밖에 없었던 이유들을 적어보세요. 절대 합리화가 아닙니다. 자기 이해를 하기 위한 밑 작업입니다. 혹시 이유들을 적다가 생각나는 어린 시절의 상황이나 기억이 떠오른다면 그 안에 있는 자신을 안아주고 토닥토닥해 주세요. '그동안 힘들었겠다, 수고했다, 괜찮다, 고맙다'라고요. 그렇게 자신만의 인사를 건네보세요. 그동안 보이지 않았던 것들이 보이기 시작할 거예요.

■ 혹시라도 분노의 화살이 계속 자기 자신에게로 향하나요? 계속 그렇게 된다면 전문가와의 상담을 권해드립니다.

불안은 요란스럽다. 불안을 생각하면 마치 빈 깡통들을 달고 다니는 낡은 자동차 같다. 아직 오지도 않은 일들에 대해 온갖 최악의 상황들을 몰고 온다. 그래서 불안이 다가오면 내 심장이 먼저 알고 쿵쾅쿵쾅 날뛰기 시작한다. 호흡은 가늘고 가빠지다가 결국 턱 밑까지 차오른다. 가빠진 숨과 함께 머릿속은 산만해진다. 그야말로 내 몸과 마음을 요동치게 만드는 것이다. 하지만 불안은 스스로를 보호할 수 있도록 경각심을 높여주는 보호기제 중의 하나이기도 하다.

상담에서는 불안이 주인공일 때가 많다. 아직 닥치지 않은 일들에 대해 걱정하며 나를, 내 아이를, 남편이나 아내를 단속하며 더 많은 갈등들을 야기한다. 한 아이를 둔 엄마였던 내담자의 사례이다. 학창시절에 소위 놀았고 그래서 공부를 제대로 하지 못한 것이 이 내담자에게는 한(恨)이자, 미해결과제였다. 그래서 내 아이만큼은 자신처럼 되지 않게끔 공부를 시키고 싶은 마음이 컸다.

아이 방에 CCTV를 설치하고 공부하는 시간을 체크하며 공부가 모든 것의 우선순위가 되었다. '내 아이는 나처럼 되면 안 돼! 혹시 나처럼 공부를 안 하고 친구들과 어울려 다니면 어쩌지?'라는 불안이 주는 미래에 대한 부정적인 상상을 하며 아이를 통제하기 시작했다. 친구들과 놀다가 조금만 늦어도 아이를 다그쳤고, 사춘기를 맞은 아이와의 갈등은 걷잡을 수 없이 커져만 갔다. 결국 엄마의 불안은 상상대로 아이의 행동과 상황들을 최악으로 몰아갔다.

불안은 개인이 어떤 행동을 하려고 하다가 바로 행동으로 가지 않고 '실패하면 어떻게 하지?'라는 생각을 하며 미래에 대한 상상을 함으로써 발생한다는 것이다. 이때 미래에 대해 부정적인 상상을 오래하면 할수록 불안은 커지게 된다.

−《게슈탈트 상담의 이론과 실제》

나도 그랬다. 시험관을 하면서 난포가 많이 자라지 않으면 어쩌지? 수정이 안 되면 어쩌지? 냉동이 안 나오면 어쩌지? 그러다 이번에도 실패하면 난 또 어떡해야 하지? 불안은 꼬리에 꼬리를 물고 최악의 상황들을 상상하게 만들었다. 그러다 보면 신경이 곤두서게 되고 마음이 불편해진다. 그냥 넘길 수 있는 일들도 갈등과 걱정으로 번지며 상황을 최악으로 만들어 갔다. 그래서 불안이 주는 미래에 대한 부정적인 상상 속으로 빠지지 말아야 한다.

불안이 요란스럽게 최악의 상황으로 나를 몰고 있다는 것을 알게 된다면 불안을 조절할 수 있다. 그럴 때면 마음속의 불안에게 말을 걸어본다. '네가 나를 걱정하는 건 알겠어. 하지만 지금은 네가 말해주고 싶은 미래에 대한 이야기들이 나에게는 필요하지 않아. 나중에, 미래에 가서 혹시 그런 일이 벌어진다면 그땐 내가 너를 부를게. 그때 와서 나 좀 도와줘.' 이렇게 말하는 것만으로도 불안을 조절할 수 있다. 하지만 이런 방법은 한번에 되지 않는다. 내 가슴으로, 호흡으로 불안이 오는 것이 느껴진다면 심호흡과 함께 '불안이 또 오고 있구나. 알겠어. 무슨 말 하려는지 알아. 고마워. 좀 쉬고 있어. 필요하면 내가 부를게.'라며 올 때마다 일러주고 타일러 준다. 심장이 뛰고 호흡이 가빠진다면 눈을 감고 호흡에 집중하고 '내가 지금 불안해하고 있구나' 하며 불안의 존재를 인정해 준다. 그러면 호흡과 명상으로 이완을 할 수 있다.

그리고 긍정적인 생각으로 불안의 이미지를 전환하는 방법도 있다. 어느 날부터인지 아이에 대한 생각들과 불안함 속에서도 문득문득 떠오르던 장면이 있었다. 언젠가 TV에서 보았던 장면 같다. 퇴근해서 현관에 들어서는 아빠를 향해 달려가 안기는 내복 바람의 어린 여자아이의 모습이었다. 너무나도 흔한 일상의 소소한 모습이었지만 한 장의 사진처럼 내 머릿속에 찍혔다. 의도하지 않았지만 불현듯 내 머릿속에서 보게 되는 나만의 사진 중의 한 장이었다.

Self counseling 18

심리학에서는 자기충족적 예언이라는 것이 있습니다. 자기
충족적 예언(자성예언)은 '나쁜 일이 벌어질 거야'라고 예상하
면 그대로 나쁜 일이 벌어지고, '좋은 일이 생길거야' 하고
믿으면 실제로 좋은 일이 일어난다는 것입니다. 그야말로
믿는 대로 되고, 말이 씨가 된다는 말과 일맥상통합니다.*
그래서 불안을 줄이기 위해서는 미래에 대한 긍정적인 생각
과 믿음이 중요합니다. 막연하게 잘될 거라는 말이 아니라
사진을 찍듯이 미래에 기대하는 일들을 머릿속으로 상상하
며 그려나가는 것이 중요합니다.
한 장의 사진으로 찍는다고 생각하고 원하는 미래의 모습을
상상하며 그려보시기 바랍니다. 구체적으로 써보고 머릿속
으로 떠올려 보세요. 그것이 곧 당신의 미래가 될 수 있습니다.

---

* 《사람을 움직이는 100가지 심리법칙》(정성훈 저, 2011, 케이앤제이).

잔소리쟁이 죄책감

저지른 잘못에 대하여 책임을 느끼는 마음이 죄책감이다. 죄책
감은 건강한 죄책감(참된 죄책감)과 건강하지 못한 죄책감(거짓 죄책감)
으로 나뉜다. 건강한 죄책감은 일반적인 윤리적 기준을 거스른
행동이나 태만했을 때 느끼는 죄책감이다. 즉, 실수를 인정하고
다음에는 그러지 말아야지 하고 다짐하는 것이다. 하지만 건강
하지 못한 죄책감은 어떤 잘못을 하지 않았는데도 죄책감을 느
끼는 것으로 비합리적이다. 그래서 자신을 비난하고 스스로를
깎아내려서 밑바닥까지 내려가는 것을 말한다.[*]

잘못을 하게 되면 그 잘못을 인정하고 그것에 대한 책임을
지는 것은 당연하다. 하지만 내 잘못도 아닌 것에 사로잡혀 나
를 비난하고 밑바닥까지 끌어내릴 필요는 없다. 이렇게 건강하
지 못한 죄책감은 마치 잔소리쟁이 같다.

끊임없이 '네 잘못이야'라고 말하는 잔소리쟁이가 하는 말은
내 마음에 생채기를 내고 신경을 곤두서게 만든다. 자칫 잘못하
면 '진짜 내 잘못이 맞나 봐'라는 생각에 동조하기까지 한다. 이
번 차수도 실패한 것이 혹시 커피를 마셔서? 맥주를 마셔서? 영

---

[*] 《나는 오늘 자유로워지기로 했다》(문종원 저, 2020, 성바오로).

양제를 빼먹어서? 운동을 꾸준히 안 해서? 밤늦게 자서?

마치 돋보기를 들고 내가 실패한 것에 대한 타당한 이유를 구석구석 찾아내 확인 사살을 하듯이 들이민다. 가뜩이나 엉망진창인 성적표를 받아들고 낙담해 있던 참인데 난자 개수 미달, 수정란 개수 미달, 내동 없음, 이식 피 검사 0점……. 정말 날 지치고 아프게 만드는 잔소리쟁이 죄책감이다.

어느 날, 또 잔소리를 시작하려는 잔소리쟁이 죄책감에게 하나하나 따져 물었다. '정말 내가 커피를 마셔서 임신이 안 된 거야? 맥주를 마셔서, 영양제를 빼먹어서, 운동을 꾸준히 안 해서 그래서 임신이 안 된 거냐고? 임신에 도움이 되는 것은 있겠지만 꼭 그렇게 해야만 임신이 되는 것은 아니잖아!' 내 목소리가 점점 커진다. '더 이상 너의 그 잔소리는 듣고 싶지 않아. 이제부터 네 말은 내가 따져보고 타당한 것은 받아들일게. 이제 그만 좀 해줄래?'

Self counseling 19

인지적 재구성이란 것이 있습니다. 인지적 재구성이란, 부적절한 행동이 그 사람의 불합리한 사고 방식과 부적절한 정서적 특징에서 비롯된다고 보고, 비합리적 사고 유형들을 합리적이고 체계적으로 재구성하도록 돕는 기법입니다.[*]

정말 시술 중에 어쩌다 커피를 마신 것 때문에 시험관에 실패했을까요? 하나하나 놓고 따져보면 비합리적인 신념이라는 것을 알게 됩니다. 하지만 실패한 상황에서 비합리적인 신념들이 몰려온다면 솔직히 감당하기 쉽지 않은 것은 사실입니다. 그땐 잔소리쟁이 죄책감의 목소리를 하나하나 적어보고 죄책감이 하는 말이 맞는지 따져보시기 바랍니다.

---

[*] 《인지정서행동치료》(박경애 저, 1998, 학지사).

화들짝 놀라게 하는 세심쟁이 수치심

수치심은 거부되고, 조롱당하고, 노출되고, 다른 사람으로부터 존중받지 못한다는 고통스러운 정서를 가리키는 용어다. 여기에는 당혹스러움, 굴욕감, 치욕, 불명예 등이 포함된다. 처음 시작하는 시험관 시술 과정은 당혹스러웠다. 소위 말하는 굴욕의 자에 앉는 것도, 가운 하나에 의지한 채 차가운 시술대에 눕는 것도, 생리 2, 3일째에 초음파를 보는 것도 난생 처음 겪어보는 생소한 경험들이었고 다시는 기억하고 싶지 않다. 오로지 엄마가 되겠다는 신념 하나에 의지한 채 여자가 아닌 엄마라는 정체성을 찾아 버텨본다. 하지만 난 아직 엄마가 아니기에 그 생각은 오래가지 못했다.

시술 과정이 불편하고 불쾌하고 싫어서 또 다시 경험하고 싶지 않았다. 그래서 더욱 시험관 실패가 두려웠다. 만약 실패하게 된다면 또 똑같은 과정을 반복해야 하니까. 그래서 다시 마음을 다잡았다. 다시 시작해야 한다면 이렇게 싫고 불쾌한 마음으로 하고 싶지 않았다.

그런데 나는 왜 시술 과정이 치욕적이고 불편하게 다가올까? 스스로에게 물었다. 그리고 알아차렸다. 병원에서의 나는 여자가 아니고 난임 환자일 뿐이고, 의사선생님은 남자가 아니고 의사일 뿐이다. 그런데 나는 나를 여자로, 의사선생님을 남자로 보았기 때문에 수치심이라는 감정이 많이 올라왔던 것이다. 단지 난임 환자와 의사의 관계일 뿐인데……. 이것을 알아차린 나는 난임 환자로서 처음보다는 편해진 몸과 마음으로 시험관 시술에 임할 수 있었다. 불편하게 조여져 있던 마음이 편해지니 내 몸의 근육들도 자연스럽게 이완 되는 것이 느껴졌다. 이렇게 또 하나의 혼란스러운 정체성을 찾을 수 있었다. 나는 난임 환자이다.

Self counseling 20

깜짝 놀라고 당혹스럽게 하는 수치심을 만났나요? 그 수치심이 어디에서 오는 것인지 한번 알아차려 보세요. 깜짝 놀랐던 일과 거기서 오는 감정, 그리고 왜 그렇게 당혹스러움을 느꼈는지 자신에게 물으며 한번 적어보세요. 나도 몰랐던 이유가 분명히 있을 거예요.

15

또 다른 감정들

난임 기간 동안 가장 많이 들었던 말이 '둘만의 시간을 즐겨'라는 말이다. 그 말처럼 둘만의 시간은 정말 자유롭다. 쉬는 날이나 주말이면 아무 방해도 없이 늦잠을 잘 수도 있고, 오직 부부만의 필요에 따라 외출이나 여행, 무엇이든 마음만 먹으면 할수 있고 떠날 수 있었다. 새벽이 될 때까지 이야기를 하고, 심야 영화를 보고, 당일치기 바다 여행을 떠나고, 올림픽대로의 끝은 어디일까라는 궁금증에 그 끝까지 가볼 수도 있었다. 그야말로 둘이라서 가능한 자유로움이었다. 이런 둘만의 자유로움 안에는 평화로움, 소소한 기쁨, 재미, 행복들이 녹아 있다. 이런 시간들이 좋았기에 아이를 갖겠다고 결심하기까지가 쉽지 않았다.

하나를 선택하면 하나를 놓아야 하는 것처럼 우리는 아이를 선택하기로 한 것뿐이었다.

아이가 없다고 불편하고 불쾌한 감정들만 만나는 것이 아니다. 소소한 일상의 기쁨과 행복은 얼마든지 있다. 그래서인지 주위에 점점 아이 없이 살고자 하는 부부들도 많이 생기고 있다. 같은 취미생활과 운동을 하며, 또 좋아하는 반려동물을 키우며 그렇게 둘만의 단단한 가족 울타리를 만들어 간다. 어떤 선택을 하든 그 선택은 존중받아 마땅하다. 왜냐하면 내가 어떠한 삶을 살든 그것은 내 삶이고, 삶의 주인공은 바로 나이기 때문이다. 나를 위한 삶, 내가 만족하는 삶이라면 그것만으로 의미 있고 충분히 빛나는 삶이다.

Self counseling 21

슬픔의 강, 분노의 화살, 호들갑쟁이 불안, 잔소리쟁이 죄책감, 화들짝 놀라게 하는 세심쟁이 수치심까지 솔직히 이런 감정들이 반갑지는 않습니다. 하지만 그렇다고 무시하고 회피하고 싶지도 않습니다. 감정은 그 감정 그대로 나를 보호하기 위해 제 역할을 해내는 것이니 그대로 인정하고 존중해 줍니다. 하지만 이런 감정들을 알지 못한 채 그저 '힘들다'는 말로 뭉쳐버린다면 이 감정들은 해소되지 않습니다. 시간이 지나면 굳어버리는 진흙처럼 더 단단하게 뭉쳐져서 그야말로 마음 어딘가에 응어리로 자리 잡을 수 있습니다.

상담을 하다 보면 의외로 자기감정을 모르는 경우가 많습니다. 단순히 기분이 '좋다, 나쁘다'라는 상태에 대한 민감도는 있지만 진짜 이 감정이 어떤 감정이고, 어디에서 흘러나오는지를 알기까지는 연습이 필요합니다.

- 우선 다양한 감정의 종류를 찾아보고 느껴지는 감정들을 골라 표현해 보세요. 부정적인 감정들뿐만 아니라 긍정적인 감정들도 표현할 수 있어야 합니다. 감정일기를 쓰는 것도 좋습니다. 오늘 느낀 감정을 알아차려 보고 인정해 주세요. 나쁜 감정은 표현하면 할수록 해소되고, 좋은 감정은 표현할수록 그 감정이 배가 되는 것을 느낄 수 있을 거예요.

행복	신남	미움	감탄	화
당당	활기	짜증	억울	긴장
희망	무서움	다행	반감	뉘우침
든든함	절망	부끄러움	조급함	불안
답답함	편안함	소심함	감사	샘
대담함	자긍심	두려움	창피함	놀람
탐욕	사랑	역겨움	경쟁심	불쌍함
기쁨	당황	외로움	후회	홀가분
즐거움	자신감	그리움	좌절	우울
포근함	안심	따분함	무기력	열정
차분함	너그러움	쓸쓸함	조롱	실망
확신	겁	치욕	복수심	질투
만족	반가움	후련한	동정	겸손
수치심	영광	공허함	감동	설렘

6부

말의 가시에
찔렸나요?

16

말의 가시들

나도 이미 알고 있다

말에는 가시가 있다. 밤송이같이 자잘한 가시에 찔렸을 때는 깜짝 놀라는 정도로 따끔따끔하지만 아주 예리하고 뾰족한 가시에 찔렸을 때는 피가 날 정도로 그 상처가 깊고 매우 아프다. 그야말로 말이 흉기가 되는 것이다. 말에는 양면성이 있어서 사람을 살리기도 하고 내상을 입히기도 한다. 그리고 반복해서 울려 퍼지는 내면의 메아리가 되기도 하고, 마음에 박힌 대못처럼 아프게 자리 잡기도 한다.

난임의 시기를 지내면서 들었던 숱한 말들, "왜 아이 안 가지세요?", "아이만 있으면 딱인데…….", "내가 아는 사람이 이거

먹고 아이 낳았는데, 알려줄까?", "요새는 기술이 좋아서 난임 병원 가면 금세 아이가 생긴다는데?", "누구 문제야?", "그냥 애 없는 지금이 좋은 거야. 왜 힘들게 아이를 낳으려고 해." 등등 정말 많은 사람들이 우리 부부의 2세 계획에 쓸데없이 동참한다. 안다, 나를 걱정해 주고 도움을 주고 싶은 마음이라는 것을 ……. 각자 상황에서 해줄 수 있는 최선의 말이라는 것을 알지만 깜짝 놀라게 따끔할 때가 있다.

흔치는 않지만 가끔씩 아주 예리하고 뾰족한 말의 가시에 깊게 찔릴 때가 있다. 그땐 정말 아프다. 모임이 있던 어느 날, 리더를 맡고 있던 나는 늦은 퇴근으로 바로 모임에 참석을 해야 했다. 저녁을 먹지 못한 나는 혹시라도 나처럼 저녁을 먹지 못한 구성원들을 위해 넉넉하게 빵을 사가지고 갔다. 하지만 대부분 엄마였던 구성원들은 자녀의 저녁을 차려주며 대부분 식사를 하고 온 상태였고, 나는 홀로 빵을 먹고 있었다. 그런데 어디선가 들려오는 '아휴~ 불쌍해'라는 말을 듣는 순간, 이미 한입 베어 문 빵을 삼켜보려 했지만 삼켜지지가 않았다. 나도 모르게 당황했고 이런 내 모습을 들키고 싶지 않아 고개를 숙여 애써 빵을 삼켜보려 했지만 쉽지 않았다.

나는 그렇게 되받아쳐야 할 순간을 놓쳐버렸다. '뭐가 불쌍하다는 거지? 지금까지 저녁도 못 먹고 일하고 온 것이? 아니면 챙겨줄 아이도 없이 빵을 먹고 있는 내 모습이?' 왜 아무 말도 못한 채 당혹감에 고개를 들 수 없었는지 그 순간 나를 돌아본다. 힘들게 저녁 시간에 참석한 사람들과의 모임을 내 감정으로 망치게 될까 봐 그냥 넘겼던 것도 사실이다. 하지만 그것만으로는 불충분했다. 스스로 납득이 되지 않는다. 뭔가 있구나, 인정하고 싶지 않지만 어쩌면 나 스스로도 나를 불쌍하다고 생각하고 있었을까? 그 순간 복잡한 생각과 마음이 올라온다. 머리가 아파왔다. 자야겠다. 오늘은 그만 자자며 나를 토닥였다.

　나는 그날 그렇게 말의 가시에 깊게 찔렸다. 내 마음에 상처가 생겼고, 그 말은 며칠 동안 목에 걸려 내뱉어지지도, 삼켜지지도 않았다. 가뜩이나 아픈데 더 아팠다.

Self counseling 22

말의 가시에 찔렸다면 상처를 치료해야 합니다. 내가 그 상처를 제대로 봐야 약을 바르고 아물게 할 수 있습니다.

- 말의 가시에 찔렸나요? 아픈 게 당연한 거예요. 그 말이 왜 아픈지, 더 깊게 찔려 박혀 있는 다른 가시는 없는지 살펴보세요. 차마 다 해주지 못했지만 하고 싶은 말이나 해주고 싶은 말이 있나요? 있다면 적어보거나 그림으로 표현해 보세요.

- 감정이 올라온다면 고스란히 느껴보고 그 감정을 알아차려 보세요. 그리고 솔직하게 적어보세요.

- 새로운 생각이 떠올랐다면 그 생각도 한번 적어보세요.

- 이런 과정을 반복했는데도 아물지 않는 상처가 있다면, 그때는 전문가의 도움을 받아보길 추천합니다.

17

말의 가시에 대처하기

그 말은 좀 당황스럽네요

밤송이 같은 자잘한 말의 가시들에 따끔따끔 찔리는 경우들이 있다. 예를 들면 "아직 아이 없으세요?"와 같이 그냥 단순한 궁금증에서 물어볼 때, "아이 없을 때가 좋은 거야. 요즘 같은 세상에 아이 하나 키우기가 얼마나 힘든데 왜 아이를 가지려고 해." 자기 경험에 비추어 조언할 때, "누구 문제야?" 잘잘못을 따져 해결해 주고 싶을 때, "이렇게 하면 아이가 생긴다는데 한번 해봐." 정보를 제공해 주고 싶을 때 등 관심의 표현들이지만 듣기 싫고 따끔거릴 때가 있다.

그럴 때는 "아 따가워, 깜짝이야!" 하는 것처럼 말로, 몸으로 또는 표정으로 표현해 주면 된다. 내가 주로 썼던 방법은 두 가지다. 하나는 무시하기. 그들의 말에 다 일일이 친절하게 내 상황을 설명해 줄 필요는 없다. 그냥 그 말을 들었다는 표시는 해주되, 정중하게 미소로 지나치면 된다. 상대방이 막 던지는 것을 내가 맞지 않아도 된다는 것이다. 던지는 것은 던지는 사람 마음이지만, 그것을 일일이 다 받아줄 필요는 없지 않겠는가?

그리고 두 번째는 되돌려주기이다. 만약 "왜 아이 안 가지세요?"라고 물어본다면 온화한 미소로 "왜 아이를 안 갖냐구요?"라고 상대방이 한 말을 그대로 되돌려주는 것이다, "지금이 좋을 때야. 키우기 힘든데 왜 아이를 가지려고 해?"라고 물어본다면 "지금이 좋을 때예요? 아이 키우기가 힘든데 왜 가지려고 하냐구요?"라고 하면 대부분 당황해하며 자기의 이야기를 한다.

각자의 신념과 경험에서 바라보는 시선들을 굳이 나의 시선으로 바로 잡아주려고 노력할 필요는 없다. 왜냐하면 이런 질문들에 내 얘기를 해주어도 결국에는 자기만의 시선으로 바라보게 되기 때문이다. 그리고 간혹 감정이 올라올 때도 있다. 그럴 때면 그 감정을 솔직하게 얘기해 주는 것도 좋은 방법이다. "그 말은 좀 당황스럽네요.", "너무 훅~ 들어와서 깜짝 놀랐어요."

솔직히 진심으로 걱정돼서 물어보는 사람들이 더 많다. 그들은 함부로 던지지 않는다. 말에, 표정에 진심을 담는다. 그 모습에 나도 편안하게 내 얘기를 하게 된다. 즉, 마음과 마음이 통하게 되는 것이다.

Self counseling 23

이마고 부부대화법*에는 반영하기가 있습니다. 여기서 말하는 반영하기는 상대방의 메시지 내용을 정확하게 비추어 되돌려주는 것입니다. 즉, 상대방이 한 이야기를 그대로 자신의 말로 말하는 것입니다. 받는 사람은 상대방이 한 말을 좋아하거나 이해할 필요가 없습니다.** 단지 잘 들었다는 표현을 해주면 됩니다.

그냥 당신의 이야기를 내가 들었다는 다른 표현의 방식이 되는 것입니다.

---

* Imago couple relationship therapy, 부부관계에 긍정적 변화를 이끌어 내려는 치료적 접근법.
** 《이마고 부부관계치료》(릭 브라운 저, 2009, 학지사).

나의 난임 생활을 속속들이 알고 있는 친구가 있다. 어떻게든 도움을 주고 싶은 마음이 컸던 친구다. 너무 좋은 친구이지만 시험관 이야기나 임신 실패에 대한 이야기만 나오면 '이제 금방 생길 거야. 곧 아이가 생길 거야. 이제 얼마 안 남았어. 곧 생길 테니깐 둘만의 시간을 즐겨'라는 말로 항상 날 위로했다. 하지만 어느 순간부터 그 말은 더 이상 나에게 와 닿지 않았다.

그 친구에게 내 마음을 솔직하게 표현하고 싶었다.

"벌써 그렇게 아이를 기다린 게 10년이 넘었어. 이제 나에게 그 말은 와 닿지 않아. 그냥 지금 내 상황과 마음을 핑크빛으로 덮어주고 싶은 너의 마음은 알겠는데 그 말을 듣는 것이 희망 고문이 되는 것 같아 힘드네."

다행히 그 친구는 그 말을 이해했고 그 친구도 솔직하게 마음을 털어놓았다. "나도 너에게 도움을 주고 싶은데 사실 어떻게, 무슨 말을 해야 할지 잘 모르겠어." 그 말에 같이 눈시울이 붉어진다.

"그냥 아무 말 안 해도 돼. 지금처럼 이렇게 같이 있어주면 돼. 그거면 돼." 나는 그랬다. 나의 깊은 슬픔과 아픔을 외면하지 않고 같이 있어주는 것 그것만으로 이미 충분했다.

Self counseling 24

감정에도 보이지 않는 파장이 있다는 것을 체험했을 때가 있었습니다. 내면 깊은 곳에서부터 올라오는 상대방의 목소리와 그 이야기 속에서, 슬픔과 아픔의 해일이 몰려오고 있음을 내 온몸이 먼저 알아차렸습니다. 그것에 대한 슬픔과 아픔의 해일을 느낀 순간 나도 모르게 피하고 싶었습니다. '내가 과연 이 슬픔과 아픔 속에서 같이 버텨줄 수 있을까?'라는 의문이 들었습니다. 잠깐의 망설임 끝에 결국 그 감정의 해일을 온전히 맞아보았습니다. 마음이 아파서 눈물이 났습니다. 나는 그렇게 묵묵히 그 자리를 지키며 내 감정에 충실하며 그 자리에 있었습니다. 그렇게 함께 했을 뿐인데 그 아픔을 토로한 상대방의 얼굴에서, 목소리에서 아픔과 슬픔이 덜어지는 것을 보았습니다. 그때 알았습니다. 상대방의 감정의 해일 속에 함께 버텨주는 것이 진정한 치료의 시작이라는 것을요.

혹시 주위에 큰 아픔으로 슬퍼하고 있는 사람이 있나요? 그렇다면 그냥 함께 해주세요. 그러다 상대방이 마음이 동해서 자신의 이야기를 하게 된다면 그냥 묵묵히 들어주세요. 그런 후 내 마음에서 하는 감정의 이야기를 그대로 전해보세요. 머리가 하는 충고나 조언, 판단이 아닌 내 마음이 반응한 감정의 이야기를 그대로 전해주시면 됩니다.

"그 이야기를 듣는데 나도 마음이 아파. 많이 슬펐을 것 같아." 만약 감정을 잘 모르겠으면 자신에게 떠오르는 것을 솔직하게 말해주어도 좋습니다.

"도움을 주고 싶은데 어떻게 얘기를 해야 할지 모르겠어.", "지금 네 마음이 어떤지 걱정이 돼.", "지금은 괜찮아?"

절대 해결책을 제시해 주려 하지 마세요. 마음을 묻고 그 마음을 들어주면 됩니다.

18

상담 작업하기

어떻게든 표현을 했어야 했는데 어떠한 반응도 하지 못했던 '불쌍하다'는 말. 마치 목에 걸려버린 가시처럼 뱉어지지도, 삼켜지지도 않았다. 아프고 불편했다. 스스로 빼보려 했지만 잘되지 않았다. 이건 분명 도움이 필요했고 도움을 받아야만 했다. 때마침 집단 상담이 있던 날이었다. 운 좋게 내담자가 되어 교수님께 상담받을 기회가 생겼다. 상담을 받으며 자연스럽게 나의 상처는 드러났고 불쌍하다는 말에 힘없이 동조하고 있는 또 다른 나를 발견했다.

'그랬구나, 나 스스로도 나를 불쌍하게 생각하고 있었구나. 그래서 그 말에 아무 반응도 할 수가 없었구나.' 그 상황의 내가 이해가 되었다. 그러면서 스스로 불쌍하다고 느꼈던 내 모습이 어떤 모습인지, 언제부터였는지 알고 싶었다. 조용한 시간 문득 장면 하나가 떠오른다. 시험관 실패 후 휴식기를 갖던 어느 날 이었다.

생리 날짜가 이미 지났는데도 아무 소식이 없었다. '뭐지?' 하며 동시에 '혹시……. 임신? 자연임신?'이라는 생각이 들었다. 흔히들 시험관 도중에 자연임신이 되었다라는 말을 종종 들었다. '설마' 하면서도 자연임신이 나에게도 이루어지길 바라는 간절한 마음으로 임신테스트기를 해본다. 아! 두 줄이다. 흐리지만 두 줄이다. 심장이 쿵쾅쿵쾅 마구 요동을 친다. 믿겨지지가 않아 눈을 비비고 다시 확인한다. 두 줄이 맞다. 하지만 확실해질 때까지는 그 누구에게도 얘기를 할 수가 없었다.

그 길로 당장 옷을 갈아입고 집 근처 산부인과 병원으로 향했다. 문진을 하며 결혼 10년 차라는 말에 간호사도, 진료실 의사도 반가워한다. 나의 임신 가능성에 처음 보는 간호사도, 의사도 이렇게 반가워해 주는데 임신이 맞다면 가족은 오죽할까라는 기대에 부풀었다. 우선 소변 검사를 한 후 의사를 만났다. 결과가 음성으로 나왔다며 너무 극초기이면 소변검사로는 안나올 수 있다며 피 검사를 하자고 했다. 피를 뽑고 또 결과를 기다렸다. 내 마음은 기대와 불안 사이를 분주하게 오고 갔다. 한참을 기다린 후 드디어 의사를 만났다. 결과는 음성이었다. 아마도 집에서 했던 임신테스트기가 불량이었던 것 같다고 한다.

아……. 어떻게 그 산부인과를 빠져나왔는지 지금도 잘 모르겠다. 그저 생각나는 건 다리가 풀려 병원 앞 버스정류장 의자에 걸쳐앉아 있었다는 점이다. 그때 버스 한 대가 멈춰 섰고 그 버스에서 임산부들이 우르르 내리는 모습을 보았다. 눈물로 내 앞이 흐려졌다. 그때 처음 느꼈다. 이런 내 모습이 마치 슬픈 영화 속 비련의 여인 같았다. 그날 그렇게 자기 연민에 빠지고 말았던 것이다.

자기 연민은 자기 자신을 불쌍히 여기고 동정하는 마음이다. 어느 정도의 자기 연민은 필요하지만 너무 빠져 있게 되면 주위 상황이나 다른 사람들이 보이지 않는다. 내가 그랬다. 내가 가장 아프고 힘들고 슬픈 사람 같았다. 하지만 자기 연민에 빠진 나의 모습을 알아차린 후 나는 더 이상 불쌍하지 않았다. 불쌍할 이유도 없었다. 엄마가 되고 싶은 뚜렷한 목적을 가지고 힘껏 뛰고 있을 뿐이다. 마치 골인 지점을 향해 뛰고 있는 마라톤 선수처럼 말이다. 이 이미지만으로도 힘이 났다. '그래, 나는 엄마가 되겠다는 목표가 있으니 조금만 더 뛰어보자!'

Self counseling 25

실패를 거듭하다 보면 그 실패감에 압도당할 때가 있습니다. 나는 무엇을 해도 안 되는 것 같고, 능력도, 힘도, 그리고 운조차도 없는 것 같아 무가치하게 느껴질 때가 있습니다. 그럴 땐 마음의 상처를 입기가 쉽습니다. 그래서 마음이 벌써 알고 스스로를 보호하려고 합니다. 더 이상 상처를 받지 않으려고 웅크리다 보면 내 상처 외에 다른 것은 잘 보이지 않게 됩니다. 혹시 지금 자신이 불쌍하다고 느껴지시나요? 그렇다면 불쌍하다고 생각되는 이유들을 적어보세요. 스스로 불쌍해야만 하는 이유가 있을 수도 있습니다. 한번 잘 살펴보시기 바랍니다.

비로소 보이기 시작하는 것들

웅크리고 앉아 내 아픔과 괴로움만을 보던 시선이 서서히 옮겨지기 시작했다. 아이를 기다리며 더해지는 내 나이만 걱정하고 있었는데 어느새 회색빛이 되어 있는 부모님들의 모습이 제일 먼저 눈에 들어 왔다. 항상 둘이서만 행복하면 된다며 묵묵히 지켜보시던 부모님, 그런 부모님의 존재만으로도 충분히 감사했고 든든했다. 그냥 그렇게 내 옆에, 우리 옆에 계시기만 해도 족했다. 하지만 친정 엄마는 내가 모르게 엄마만의 방식대로 무언가를 하고 계셨다. 가끔 엄마 입에서 흘러나왔던 말이 있었다.

"우리 딸이 임신이 안 되는 게 내 잘못인 것만 같아."

그 말이 끝나기가 무섭게 "그게 왜 엄마 잘못이야?"라며 반박했던 때가 있었다. 그것으로 그렇게 끝난 이야기인 줄 알았다. 하지만 시간이 많이 흐른 어느 날 알게 되었다.

친정 엄마는 본인의 잘못을 돌아보고 또 돌아보다가 예전에 빚진 분이 생각났고 그분을 찾아가 그 이상 갚아주고 오셨다는 것이다. 그 빚은 이미 충분히 갚으셨는데 엄마가 찾고 찾아낸 엄마만의 빚진 마음이었을까? 그렇게라도 속죄해야 딸인 내게 아이가 생길 거라 믿으셨던 것일까? 나에게 아이가 생기지 않는 것이 왜 엄마 잘못인 걸까? 왜 그것까지 엄마의 몫으로 껴안으려고 하는지 이해가 되지 않고 화가 났다. 아무리 봐도 이건 엄마 잘못이 아닌데……. 도대체 왜 그렇게까지 했는지 아니면 그렇게라도 나를 위해 무언가를 했어야만 했던 것인지 도통 알 수 없는 울컥함에 목이 메어왔다.

어느 순간 남편의 모습도 보인다. 우리 부부의 난임은 원인 불명이었다. 그 누구의 잘못도 아니라며 서로를 다독였지만 어느새 남편은 죄인처럼 있었다. 남자에 비해 여자가 받아야 하는 시술이 많다 보니 같이 아이를 원한다 해도 앞에서 총대를 메는 것은 여자였다. 그래서 나만 아프고 괴로운 줄 알았다. 나는 아프면 아프다고 말할 수 있었고 원망과 불평도 쏟아낼 수 있었다. 하지만 남편은? 남편은 어떤 마음이었을까? 그저 모든 상황을 지켜만 볼 수밖에 없었을 것이다. 시술을 하는 내가 불편하지 않게 그리고 더 아프지 않도록 배려하고 돌봐줄 수밖에 없었을 남편이었다. 나는 남편에게 배려와 보살핌을 받는 것이 당연하다고 생각했다. 나는 시술을 받고 있었으니 당당했다. 하지만 남편은? 그런 남편의 입장을 단 한 번도 생각해 보지 않았다는 것을 알았다. 미안한 마음이 올라왔다. 미안함과 동시에 '만약 남편이 나와 결혼을 하지 않았다면 어땠을까? 나 아닌 다른 여자를 만났다면 아이도 낳고 더 행복하지 않았을까?'라는 생각에 사로잡힌다. 하지만 이내 쓸데없는 생각이라는 것을 알고 고개를 흔들어 지워버린다. 나는 안다. 다시 과거로 돌아간다 해도 우리는 또 만나 결혼할 것이라는 것을!

난임은 나만 아픈 것이 아니었다. 부모님을 비롯한 가족전체가 안타까워하며 같이 아파할 수밖에 없었다. 다만 그 아픔을 어떻게 표현해야 할지 몰랐고, 혹시라도 부담이 될까 봐 아무 말도 할 수 없었다. 그저 지켜보며 티 나지 않게 하는 농도 짙은 사랑이었던 것이다.

Self counseling 26

주위에 사랑하는 가족과 사람들이 있습니다. 한번 찬찬히 살펴봐 주세요. 그 얼굴을, 그 눈빛을 보며 느껴보세요. 어떤 것들이 느껴지는지를요. 긍정적인 것을 보고, 감사함을 마음에 담아보세요. 더 많은 것들이 보일 거예요.

그런데 가끔 서운함에 사로잡혀 전체를 보지 못할 때가 있습니다. 지금 서운함을 느끼게 했던 사건을 돋보기로 들여다보고 있을 수도 있어요. 그러면 그 돋보기를 내려놓고 한 발짝 물러서서 그 사람이 여태 나에게 했던 전체의 모습을 떠올려 보세요. 사건에 집중하지 말고 그 사람에게 집중해서 지금까지 함께 했던 시간들을 살펴보세요. 지금의 서운함이 '그럴 수도 있지'라는 생각으로 흘러가 버릴 수도 있답니다.

16

가지치기

나를 지키는 결단

가지치기하면 나무의 가지치기가 연상된다. 나무의 균형을 맞추고 과실나무의 생산을 늘리기 위해 곁가지를 자르거나 다듬는 것을 말한다. 나의 사회적 관계에서도 크게 가지를 친 일이 있다. 결혼과 동시에 시작한 10여 년을 함께 한 모임에서 나왔다. 거의 다 아이가 있었던 터라 아이가 없는 우리 부부를 이해 못 하는 상황들이 점점 많아졌고, 나는 여러 가시들에 찔리기 시작했다. 스스로 상처받지 말자고 다짐했지만 이미 그 다짐을 한다는 것 자체가 나에게는 편한 모임이 아니라는 것을 말해주고 있었다. 내가 힘들고 상처를 받는다는 것을 안 이상 그 안에 있을 이유가 없었다. 나는 나를 보호하고 지키는 것이 맞았다.

고민에 고민을 거듭하던 차에 이제는 그 모임을 나와도 되겠다는 결단을 내릴 수 있었다. 그 결단과 동시에 아름드리나무 하나가 그려진다. 그 아름드리나무에서 큰 가지 하나가 잘려나간다. 너무나도 크고 싱싱한 가지인데 싹둑 잘려나가는 것이 안타까워 나조차도 깜짝 놀란다. 그렇게 잘려진 가지는 강물에 둥둥 떠내려간다. 나도 모르게 눈물이 흘렀다. 나의 신혼과 함께 했던 너무나도 뜻깊고 의미 있는 시간들과 소중한 사람들이었는데……. 맞다. 상처를 받고 아팠지만 함께 한 그 시간이 너무 소중하고 행복했다. 그 시간들을 천천히 마음에 담는다. 그리고 천천히 떠나보냈다.

그런데 잘려나간 가지 뒤로 더 크고 싱싱한 또 하나의 가지가 보였다. 저건 뭐지? 하며 자세히 들여다본다. 기존에 있던 나뭇가지 때문에 그동안 보이지 않았던 또 다른 크고 싱싱한 가지였다. 그 나뭇가지를 보자마자 알아차렸다. 기존에 있던 모임에 가려 보이지 않았던 부모님과 가족들 그리고 시간에 쫓겨 만남을 하지 못했던 친구들과 지인들이란 것을……. 그랬구나. 그동안 내 삶의 균형이 너무 한쪽으로 치우쳐져 있었다는 것을 보게 되었다. 또 다른 소중한 관계가 가지치기를 함으로써 생생하게 드러났다.

하지만 상실의 아픔은 컸다. 10년을 가족 같은 사이로 함께 했으니 당연한 것이었다. 그 아픔을 인정하고 돌보기 시작했다. 우리는 그 시간을 자연 속에서 채워나갔다. 산으로, 들로 캠핑을 다니며 자연을 만끽했다. 그저 캠핑 의자에 몸을 의지한 채 햇빛을 피해서 하루 종일 이야기를 나누거나 책을 읽는다. 낮잠도 잔다. 자연 속에서 상실의 아픔은 서서히 치유가 되어갔다. 어느새 몸도 마음도 편안하고 자유로웠다. 그렇게 시험관에 매진했고 우리에게만 집중할 수 있었다.

Self counseling 27

관계에서의 가지치기가 필요할 때가 있습니다. 더 이상 그 관계에서 채워지는 기쁨과 충만함은 사라지고 에너지가 소진만 된다면 그 관계는 다시 생각해 봐야 합니다. 이미 나에게 편하지 않은, 상처가 되는 모임이 있다면 잠시 내려놓는 것도 괜찮다고 생각합니다.

7부

이제 그만

멈추고 싶나요?

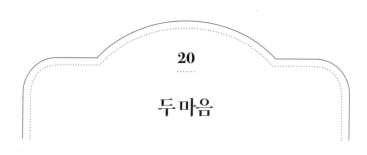

20

두 마음

......
아이, 어떻게 할까요?

4번의 난자 채취와 자궁의 혹 제거를 위한 복강경 수술 그리고 6번째 이식을 실패하고는 많은 생각들이 오갔다. 나이도 이제 41살. 복강경 수술까지 했는데 안 되는 것을 보면 그냥 아이 없이 살라는 하늘의 뜻인가? 진짜 이제는 그만할까? 아이 없이 지금처럼 살아도 별다른 문제는 없을 것 같았다. 하지만 섣불리 결정을 할 수가 없었다.

아이가 있었으면 좋겠어 VS 그냥 지금처럼 둘이 살아도 좋아. 이 두 마음은 하루 종일 내 안에서 시소를 탔다. 척도 질문을 해봐도 둘 다 똑같이 5점씩이다. 이제는 시험관을 다시 시작하는 것도 엄두가 나질 않는다. 다행인지 아이를 갖고 싶다는 마음 또한 줄어들었다.

그동안 아이를 갖기 위해 일도 쉬고, 나를 꾸미는 염색, 네일 아트, 하이힐도 멀리하며 몇 년을 이렇게 달려만 왔는데, 언제까지 임신을 위해, 엄마가 되기 위해 여자로서의 날 놓고 이렇게 매달려야 하는지 도무지 답을 찾을 수가 없었다. 그야말로 난임이라는 숲에 홀로 서 있는 기분이었다. 사방을 둘러봐도 길은 보이지 않았고 이곳을 빠져나가고 싶은데 여기가 어디인지 도무지 알 수가 없었다. 미치도록 빠져나가고 싶은데 도대체 어떻게 해야 이 난임이라는 숲에서 빠져나갈 수 있는 것일까? 이런 생각들이 버거워 눈을 감아버린다. 그냥 잠 속으로만 빠져들고 싶은 날이 더해만 갔다.

그러다 우연히 보게 된 드라마가 있었다. 〈고백부부〉! 내가 볼 땐 이미 종영된 드라마였기에 소위 말하는 정주행을 했다. 오랜만에 드라마를 보며 지금의 내 상황을 잠시 잊을 수 있었다. 드라마 정주행을 하는 이유가 있구나. 또 하나의 힐링이 되었다. 혼자 웃기도 하고, 울기도 하고……. 이럴 때는 혼자인 게 다행이구나 싶었다.

드라마 한 편을 다 본 후, 내 내면에서는 깊은 궁금증이 올라왔다. 만약 내가 여자 주인공이라면 나는 어떤 선택을 했을까? 20대의 젊음과 건강한 부모님이 살아계신 과거를 포기하고 오직 내 아이를 위해 다시 현실로 돌아갈 수 있을까? 아이가 대체 어떤 존재이기에 나의 젊음과 건강하게 살아계신 부모님을 뒤로 하고 내 아이에게로 돌아갈 수 있는지가 진심 궁금했다.

그때부터 지인들에게 물었다. "네가 지금 나라면 어떻게 할 것 같아?", "언니가 지금 나라면 어떻게 할 것 같아?", "선생님이 지금 나라면 어떻게 할 것 같으세요?" 모두들 아이 키우는 게 힘들다는 말을 입에 달고 사는 엄마들이었다. 그랬기에 더욱 궁금했다. 대답은 모두 같았다. 아이를 갖기 위해 조금 더 할 것 같다는……. 아이를 키우기 힘든 건 맞지만 그 힘듦을 뛰어넘는 그 이상의 것이 있다고 말했다.

놀라웠다. 내가 생각했던 것보다 아이의 의미는 더욱 크고 위대했다. 그래서 그것이 더 궁금해졌다. 매일 전쟁터를 방불케 하는 육아의 현장이지만 그것을 뛰어넘는 더 큰 의미, 그 의미가 무엇인지 알고 싶었다. 내가 가보지 않은 길에 대한 궁금증에 다시 아이를 갖고 싶다는 욕구가 올라왔다. '그래 다시 힘을 내보자. 다시 해보자!' 아직 이대로 끝낼 수는 없다. 나는 아직 포기할 수가 없었다.

Self counseling 28

혹시 지금 망설이게 하는 두 마음이 있나요? 그 두 마음이 어떤 건지, 각각 척도 질문으로 몇 점인지 알아차려 보세요. 더 기우는 마음이 있다면 그 마음에 귀를 기울여 주세요. 두 마음 중 선택하기 힘들다면 두 마음이 하는 이야기들을 적어보세요. 더욱 선명해지는 마음이 있을 거예요.

직장, 어떻게 할까요?

일과 아이, 직장을 다니는 난임 여성이라면 이 두 가지 사이에서 요동칠 수밖에 없다. 나도 그랬다. 아이를 갖고 싶은데 나의 사적인 일로 직장에 방해가 되는 것이 싫었다. 그렇다고 많은 비용과 시간을 들여서 하는 시험관 시술인데 직장에서 받는 스트레스와 업무를 무시할 수도 없었다. 늘 일과 아이 사이에서 어떻게 해야 할지를 고민하며 이러지도 저러지도 못하는 어정쩡한 상태에서 갈등했다. 아무리 편의를 봐주는 신의 직장이라 해도 시험관 시술을 진행하며 자유로이 시간을 빼기란 쉽지 않다. 수시로 방문해야 하는 병원, 채취와 이식 그리고 이식 후 안정을 취하기까지 많은 시간들이 필요했다.

이식 후 안정을 취하는 것이 좋다는 것을 알면서도 이식을 한 후 바로 직장으로 복귀해야 하는 여성들도 있다. 일부러 휴가를 안 썼다가 시험관 시술을 위해 몰아서 쓰는 경우도 있고, 직장에 피해를 주지 않겠다고 새벽 진료도 감행한다. 몸도 마음도 버거운 여정이다. 그랬기에 시험관 시술을 위해 휴직과 복직을 반복하다 결국 직장을 그만두는 수순을 많이 밟게 된다. 결국 나도 그랬고 나의 내담자 대부분도 그랬다. 비용과 시간, 모두가 나를 기다려 주지 않고 흘러가 버린다. 그렇기에 마지막

승부수를 띄울 수밖에 없다.

난임을 겪으며 나를 가장 엉망진창으로 만들었던 것이 있다면 바로 일이었다. 내 일!! 이젠 대학원 공부도 마치고 그동안 상담 경력도 쌓을 만큼 쌓았기에 유능감도 맛보며, 다음 단계로 뛰어들고 싶었다. 이젠 내 커리어를 쌓고 싶은데 이런 내 발목을 잡은 건 '아이를 갖고 싶은 마음'이었다. 지금 내 일에 집중하면 나는 점점 내 아이와 멀어지는 것 같았고, 그렇다고 아이를 갖기 위해 직장을 그만둔다면 내 경력은 묻혀질 것 같았다. 그야말로 아직 아이도 없는데 경력단절을 스스로 선택해야만 하는 것과 같았다.

경력단절은 아이를 낳고 양육을 위해 직장을 그만두는 여성들을 대상으로 자주 쓰는 단어이다. 그런데 아직 아이도 없는데 스스로 경력단절을 선택할 수밖에 없는 것이 난임 여성들의 또하나의 어려움인 것이다. 솔직히 경력단절은 커리어 면에서 보는 외적 표현이지만 그 안에는 나의 수입이 없어지는 것이다. 바로 경제적인 문제와 직결될 수밖에 없다. 시험관 비용은 비싸고, 부대비용도 만만치 않은 상황에서 그야말로 마음의 삼중고, 사중고가 되는 것이다.

한 내담자는 아이를 갖기 위해 진즉 일을 그만두었다. 남편

혼자 외벌이로 시험관에 도전했지만 쉽게 임신이 되지 않았다. 차수가 거듭될수록 경제적인 문제는 커져갔고, 시술을 하는 것이 편치 않았다. 괜히 남편에게 미안한 마음이 많아졌고 자신감도, 의욕도 떨어지고 있었다. 하지만 아이를 갖고 싶다는 마음만은 컸기에 아이를 포기할 수는 없었다. 내담자가 지금 여기에서 할 수 있는 아주 작은 것들을 탐색하였다. 내담자는 시험관 비용을 모으고 싶다며 파트타임으로 일을 하기 시작했다. 그렇게 일을 하며 시험관 시술 비용을 전부는 아니지만 마련했고 시험관에 도전했다. 그 후 두 번의 도전 끝에 한 아이의 엄마가 되었다. 머리로만 생각하면 정말 답이 없는 상황들이 많다. 하지만 내담자는 그 상황만을 본 것이 아니라, 지금 여기에서 할 수 있는 작은 움직임들을 찾아 그것을 실행에 옮겼다. 목표를 향해 끊임없이 움직인 결과였다.

Self counseling 29

아이와 직장, 이 두 마음은 우선순위, 가치의 문제라고 생각됩니다. 현재 내가 더 우선순위를 두고 있는 것이 있다면 무엇일까요? 그 우선순위를 위해 지금 여기에서 할 수 있는 가장 작은 일이 있다면 무엇일까요? 생각나는 대로 적어보세요. 머릿속에만 있는 것을 꺼내 눈으로 확인해 보면 어렵게만 느껴지던 결정도 조금은 쉬워질 수 있을 것입니다.

21

20년 후 그리고 지금

....

지금은 지금 할 일을 하자

시험관을 하게 되면 이번에는 꼭 성공할 거라는 핑크빛 결과만을 바랄 수 없다. 성공만을 바라고 있다가 만약 실패를 하게 된다면 그건 하늘을 날고 있던 내가 바로 바닥으로 내던져지는 것 같은 마음의 충격을 받기 때문이다. 그래서 만약의 실패를 대비해서 그 다음 계획을 미리 세워두라고 조언하기도 한다. 마음의 대비를 하라는 것이다. 하지만 그 누가 실패를 염두해 두고 시험관을 하고 싶단 말인가. 그래도 나를 보호하기 위해서는 그렇게 하는 것이 맞다.

상담예약을 했다. 내가 받을 충격을 최소화하기 위해 이번에는 더 크고 적극적인 안전장치를 하고 싶었다. 또 다시 바닥으로 내던져지는 아픔을 겪고 싶지 않았다. 그렇게 난임 상담을 받았다.

상담자   20년 후의 부부의 모습을 떠올리면 어떤가요?

내담자(나)   20년 후 우리 부부의 모습이요? 한 번도 생각해 본 적이 없는데, 음······.

상담자   20년 후의 부부의 모습을 그려본다면 가장 먼저 무엇이 떠오르나요?

내담자(나)   가장 먼저 떠오르는 건 넓은 창가예요. 그 창가에 햇살이 환하게 비추고 있고 남편과 같이 앉아 있어요. 나란히 창밖을 바라보고 있는 것 같아요.

상담자   주위 분위기는 어떤가요?

내담자(나)   조용하고 평화로워요. 그런데 왠지 외로운 것 같아요. (눈물)

상담자   눈물이 나네요.

〈한참 후〉

그 눈물은 어떤 눈물인가요?

내담자(나)   20년 후에도 아이 없이 우리 둘만 있을 수도 있겠다는 생각에······.

상담자   20년 후에 부부 둘만 있다면 어떨 것 같으세요?

내담자(나)	집은 여전히 조용하고 마음 한편은 외로울 것 같아요. 그래도 남편이 있어서 지금처럼 생활은 즐거울 것 같아요. 테니스도 함께 치고, 여행도 다니고, 봉사도 하고요.

나는 상담을 통해 우리 부부에게 아이가 없어도 오래도록 함께 할 수 있다는 사랑의 확신을 보았다. 그럼에도 마음 한편 아이에 대한 그리움이 남아 있음도 알아차렸다. 그래. 미래의 우리 둘만의 삶도 대비하고, 지금 시험관도 최선을 다해보자.

Self counseling 30

20년 후의 부부의 모습을 떠올리면 어떤가요? 떠오르는 장면을 적어보거나 그려보세요. 만약, 사랑과 안정감의 장면들보다 부정적인 장면들이 떠오른다면 분명한 이유가 있을 거예요. 자기 충족적 예언을 기억하시며 긍정적인 그림을 그려보세요.

만약 그럼에도 불구하고 부정적인 장면들이 계속 떠오른다면 전문가와의 상담을 권해드립니다. 부부간에 쌓여 있는 상처가 있을 수 있습니다.

용기를 내다 - 처음 병원으로 다시 가다

다시 5번째 난자 채취를 하기로 결심했다. 세 곳의 난임 병원을 거쳐 한 번이라도 착상이 되었던 처음의 병원으로 다시 가야겠다고 결심하는 데에는 용기가 필요했다. 무뚝뚝하기로 소문이 난 의사선생님. 계속 그분께 진행했던 것도 아닌데, 다시 돌아간다는 것에 걱정이 올라왔다. 하지만 병원을 두 차례 바꿨지만 착상이 되었던 적은 단 한 번도 없었다.

나는 용기를 냈고 한 번이라도 착상이 되었다는 것에 희망을 가질 수밖에 없었다. 드디어 선생님과 만나는 날이 되었다. 거의 3년 만이다. 그동안의 기록들을 들고 진료실 안으로 들어갔다. 의사선생님께서 안경 너머로 본다. 그 여전하신 모습에 반가움과 함께 긴장감이 살짝 올라온다. "오랜만에 오셨네요"라는 짧은 인사와 함께 말없이 한참 동안 다른 난임 병원 기록지들을 살펴본다. "그런데 그동안 혹이 많이 자랐나요? 자궁 혹 제거 수술을 하셨네요?"라며 다시 한번 병원 기록지들을 꼼꼼히 본다. 항상 짧은 진료시간에 단답형의 형식적인 대화였는데 그날은 달랐다. 내가 고민하고 다시 온 흔적들을 선생님도 알고 계시나? 아니면 한 뭉치가 되는 병원 기록지들이 나를 대신해서 말해주고 있었던 것일까?

그렇게 몇 가지 질문들을 더 하고서는 진행될 시술 과정에 대해 알려주었다. 그리고 더해지는 한마디, "다른 병원 가도 다 똑같아요." 그 말이 뭐라고 긴장되었던 내 마음이 눈 녹듯 녹았다. 무심한 듯 건네준 말이었는데, 나에게는 "다시 와도 괜찮아. 잘 왔어"라고 수용해 주는 것 같았다.

집으로 돌아오는 길에 스스로를 칭찬한다. '그래~ 다시 오길 잘했어. 용기 내서 고마워.'

누구나 성장과정에서의 상처들은 있다. 게슈탈트에서는 이것을 미해결과제라고 한다. 나의 미해결과제 중에 하나였고, 상담 수련을 하면서 제일 먼저 치유하기 시작한 것이 아버지에 대한 작업이었다. 어린 시절 아버지는 나에게 무섭고 권위적인 분이었다.

나의 미해결과제는 자연스럽게 선생님 또는 교수님 그리고 권위자라고 생각되는 사람들로 이어져 갔다. 나도 모르게 권위자 앞에서는 어느새 순종적인 아이가 되어 있었다. 어른들 말씀은 잘 들어야 한다는 생각들이 지배적이었다. 이런 이슈 때문에 처음 의사선생님께로 다시 간다는 것이, 그것도 다른 병원 기록지들을 잔뜩 안고서 가야 하는 상황이 나한테는 어려웠다.

처음 상담 수련은 아버지로 시작되었고 오랜 시간 상담 작업을 통해 그 문제에서 조금씩 벗어날 수 있었다. 그래서 나만의 실험*으로 다시 처음 병원으로 갈 수 있었다. 나는 나만의 실험에 성공했다. 그 뒤로 권위자들 앞에서 어린아이로 돌아가지 않았다.

---

* 게슈탈트 치료에서 사용하는 기법의 총칭으로, 어떤 현상을 관념적으로 분석하지 않고 실제 행위를 통하여 전개하고 탐색해 봄으로써 새로운 해결책을 모색하는 창의적인 노력이다.

Self counseling 31

난임 병원 의사는 난임 부부들에게 삼신 할매나 신 같은 존재이기도 합니다. 신이 최종 결정하기 직전까지의 일을 해주는 권위자 같았습니다. 그렇기 때문에 더욱 긴장하고 처방을 따를 수밖에 없습니다. 워낙 짧은 진료 시간에 쫓기다 보니 그 과정에서 상처를 입기도 쉽고 미묘하고 불편한 감정들이 생기기도 합니다.

지금 의사선생님과 또는 타인과의 미묘하고 불편한 상황에 놓여 있나요? 그렇다면 우선 이것이 누구의 문제인지 한번 살펴보시길 권해드립니다. 나의 미해결과제로 인한 문제인지, 아니면 상대방의 문제인지를요. 이것에 대한 판단이 서게 된다면 그 다음 결정은 자연스럽게 따라오게 됩니다. 그리고 그 선택에 대한 책임도 스스로가 질 수 있을 것입니다.

다시 시작해도 처음 같은

다시 처음부터 시험관 시술이 시작되었다. 여전히 남편이 놓아주는 배 주사를 맞고, 호르몬제인 프로기노바를 먹고, 질정을 넣고, 영양제를 꼬박꼬박 챙겨 먹는다. 시간이 지날수록 채취되는 난자 수도, 수정란 개수도 줄어간다. 냉동은 안 나온지 오래되었다. 점점 상황들이 나빠지는 것을 그동안의 시술 성적표가 말해주고 있었다. 몸은 거짓말을 안 했고 자연의 이치는 너무나도 정확했다. 물리적인 나이라고는 하지만 처음 시술할 때보다 모든 것이 나빠지고 있는 것은 사실이었다. 하지만 이를 거부할 수도, 거스를 수도 없기에 결과에 대한 것은 내 영역이 아니라며 지금 내가 할 수 있는 것에 최선을 다할 수밖에 없었다.

시술 전 내가 할 수 있는 것들이 무엇일까? 이제는 꼭 해야 되는 것들에서 벗어나 편하고 자유롭게 임하고 싶었다. 비용을 지불했기에 '꼭! 해야만 하는 운동' 대신, 집 근처 공원 산책을 하기 시작했다. 운동은 끊어놓고 못 가게 되면 그 돈이 얼마나 아까운지……. 가뜩이나 시험관 비용이 만만치 않은데 마음 한편이 쓰렸다. 하지만 산책은 그런 마음의 짐도, 시간의 제약도 없었다. 편하고 자유롭게 할 수 있는 최상의 운동이 되었다. 지나가면서 보게 되는 나무와 하늘, 풋풋한 연인들의 모습, 그리고 애틋한 가족들의 모습도 눈에 담는다. 남편과 함께 산책하는 날이면 나의 불안한 마음과 생각을 덜어내기에 더없이 좋았다. 강물에 흘려보내듯이 올라오는 감정과 생각들을 대화로 흘려보냈다. '그래, 그냥 그렇게 흘러가렴. 지금 하는 이 이야기들은 누구를 향한 것도 아니고 내 마음속 이야기를 안전한 상대를 통해 그냥 흘려보내는 것이니 그렇게 흘러가렴.'

어느새 시험관 시술은 우리 둘만의 비밀스러운 행보가 되어 버렸다. 계속 챙겨주며 걱정해 주는 가족들과 지인들에게 우리와 같은 감정의 롤러코스터를 타게 하고 싶지 않았다. 그리고 그동안 받았던 사랑만으로도 충분했기에 우리 부부만의 비밀 과제로 수행한다. 비밀 과제! 잘 풀고 싶다는 마음이 올라온다.

내 안의 상담사	당연히 잘 풀고 싶지. 맞아. 하지만 너무 잘하려고 하지 마.
나	어?
내 안의 상담사	잘하지 않아도 돼. 지금도 충분히 잘하고 있어. 그냥 더 잘하려고 애쓰지 않았으면 좋겠어. 이미 충분해~
나	그런가? 잘하고 싶은 마음이 또 앞섰구나. 계속 더 잘하라고 내 자신에게 채찍질만 가하게 되는 것 같아. 그래 맞아. 지금 하고 있는 것만으로도 충분하지? 다시 도전한다는 것 자체만으로도……. 이젠 채찍 말고 다른 걸 줘야겠어.

　잘하고 싶다는 마음이 올라올 때마다 지금 내가 하고 있는 것들을 찾아 이미 충분함을 스스로 인정하며 지지해주었다. 채취와 이식 날이 가까워질수록 문득문득 찾아오는 불안감과 두려움도 그대로 수용하며 진솔하게 나의 감정들을 만났다.

　드디어 이식 전날이 되었다. 나는 오직 한 가지 생각으로 머릿속이 꽉 차버렸다. 이번 차수를 마지막으로 이 어정쩡한 상황, 아무것도 못하고 아이에만 매달려 있는 지금의 상황에서 벗어나고 싶다는 생각뿐이었다. 그러기 위해서는 이번 차수에 대한 어떠한 미련도, 후회도 없었으면 했다. 조용한 시간에 스케치북과 크레파스를 꺼내들었다. 내가 칠하고 싶은 색깔로 자유

이 이미지의 원본은
표지의 뒷날개에서
확인하실 수 있습니다.

롭게 내 마음을 표현했다. 희망, 기쁨, 설렘 그리고 기대감 등을 채워본다. 어느새 '그래, 이제 할 만큼 했어. 충분해'라는 울림이 내 안에 퍼진다. '맞아, 이제 충분해.'

배아 이식을 위해 이른 아침 병원으로 향한다. 좋아하는 노래를 들으며 창밖 한강의 윤슬에 눈이 부셨다. 한 겨울이었지만 따뜻한 햇살에 기분도, 마음도 따뜻하고 평안했다. 병원에 도착해 여느 때처럼 대기를 하고 이식을 하러 시술실로 들어갔다. 그런데 가운으로 갈아입으면서 알았다. 펑퍼짐한 원피스에 스타킹을 신고 온 나는 따로 양말을 챙기지 못한 것이다. 발이 따뜻해야 하는데 맨발이라니 난감했다. 나는 잠깐 고민에 빠졌다. 그냥 맨발로 시술에 임할까라는 생각도 들었지만 그렇게 하고 싶지 않았다. 어떻게 해야 하지? 고민하던 중 병원에서 이식이 끝나면 수면양말과 샌드위치를 주었던 것이 기억났다. 간호사에게 다가가 양말을 미리 줄 수 있냐고 물었다. 흔쾌히 양말을 건네받고 나는 양말을 신고 시술에 임할 수 있었다.

이게 뭐라고……. 솔직히 양말은 신어도 그만, 안 신어도 그만이었다. 하지만 나는 뭐라도 하고 싶었다. 그 작디작은 배아들도 생명력을 발휘해 세포 분열을 하며 최선을 다하고 있는데 하물며 엄마가 되겠다는 내가 가만히 있을 수만은 없었다.

임신이라고?!

이식 10일째 되는 날 아침 첫 소변으로 임신테스트기를 해본다. 희미하게 보이는 붉은색 두 줄. 진짜 두 줄이 맞는지 다시 들여다본다. 얼마나 보고 싶었던 두 줄이던가! 기쁨의 눈물과 함께 함성이 나오는 입을 나도 모르게 두 손으로 막았다. 혹시 누가 듣기라도 한다면 또 이 소중한 것을 빼앗아 갈까 하는 불안감에 아무도 모르게 꽁꽁 숨겨두고 싶은 마음이 앞섰다. 남편과 나는 조용히 두 줄이 있는 임신테스트기를 보고 또 들여다보며 둘만의 기쁨을 맛보았다. 피 검사 수치 418.4! 두둥~ 꿈인지 생시인지 놀랍고 또 놀라웠다.

그렇게 바라고 바라던 착상이 되어 2주마다 진료를 보게 되었다. 4주째 초음파를 보는데 의사선생님께서 아기집이 두 개인데 하나는 작아서 조금 더 지켜보자고 하였다. 아기집이 두 개라고? 그렇다면 쌍둥이? 쌍둥이란 말인가? 내심 쌍둥이를 원했던 터라 더 기뻐하지 않을 수 없었다. 하지만 지켜보자는 말씀에 마음도 생각도 고요해질 수밖에 없었다. 6주째 초음파를 보는 날, 의사선생님께서 고개를 갸웃한다. 두 개의 배아가 착상이 되었는데 하나는 도태된 것 같다며 한참 초음파를 본다. 그런 후 태아의 심장소리를 들려주었다. 기계 소리와 함께 정확하게 표현할 수 없는 일률적인 소리가 들린다. 처음 듣는 내 아이의 심장소리이다. 그런데 한 명의 소리뿐이다. 생전 처음 태아의 심장소리를 들었는데 기뻐할 수도, 그렇다고 슬퍼만 할 수도 없는 상황에 혼란스러웠다. 그렇게 임신을 바랬으니 하나의 태아라도 건강한 것에 감사해야 하는 게 맞는데 야속했다. 왜 나는 온전히 기뻐하면 안 되는 것인지! 맘껏 기뻐하지도, 맘껏 슬퍼하지도 못하는 이 감정의 중심을 어떻게 잡아야 하는지 알 수가 없었다. 하지만 이미 떠나버린 아이보다 현재 남아 있는 건강한 아이에 집중하라는 의사선생님의 말씀. 나는 그 말씀을 붙잡을 수밖에 없었고, 시간이 흐르면서 슬픔은 아쉬움으로 기쁨은 감사함으로 변해갔다.

임신의 기쁨보다는

임신에는 안정기가 있다. 보통 12주에서 16주 태아가 자궁에 안정적으로 자리 잡는 시기라 한다. 하지만 나에게 안정기는 없었다. 42살, 결혼 12년 만의 시험관 임신이라 긴장의 끈을 놓을 수가 없었다. 다행히 난임 병원은 10주 차에 졸업을 했고 고위험산모라 대학병원으로 전원을 하였다. 모든 것이 조심스러웠다. 가족 외에 임신 소식을 알리는 것도, 사람들을 만나는 것도, 나의 움직임 하나하나에 신중함이 묻어났다. 더 이상 숨길 수만은 없어 조심스럽게 임신 소식을 알렸다. 너무나도 좋아하고 기뻐해 주는 모습에 뭉클하고 행복했다. 그러던 어느 날, 축하를 한껏 받고 돌아오는 길에 배가 아프기 시작했다. 일부러 집 근처로 약속을 잡았는데 난감했다. 축하 선물과 꽃다발을 든 채 응급실로 향할 수밖에 없었다. 괜찮을 거라는 마음으로 배를 어루만지며 초음파를 봤다. 다행히 태아는 괜찮다고 했다. 안도의 한숨을 내쉰다. 임신을 했다고 끝난 것이 아니구나. 또 다른 시작, 내가 선택한 또 다른 시작이었다.

감동의 축하 선물

임신 6개월에 접어들었을 때 1년에 한두 번은 꼭 보는 대학원 동기와 선후배 선생님들의 모임이 있었다. 임신 후 배가 아파 응급실도 두 번이나 갔던 터라 참석하는 게 걱정이 되었던 것도 사실이다. 하지만 참석하고 싶었고 보고 싶었다. 오랜만에 보는 얼굴들이라 그동안 임신 사실을 알리지 못했기에 만나서 얘기하면 될 것 같았다. 조금 늦게 도착한 터라 선생님들이 먼저 약속 장소에 나와 있었다. 반가운 얼굴들과 마주하는 순간, 나를 보며 놀라는 표정들과 함께 모두 빨갛게 붉어지는 눈시울이 보였다. 그 눈과 마주한 나도 뭔지 모를 눈물이 한가득 고인다. 난 아직 어떤 말 한마디도 하지 않았는데……. 단지 임부복을 입은 내 모습에 모두 같은 마음으로 눈물이 차오르고 흐르는 것이 신기했다. 뭔지 모를 벅참과 감사함이 내 안에 충만하게 차오른다. 눈물을 잔뜩 머금은 그 눈빛들과 미소들, 어떤 축하 선물보다 값지고 고마웠다.

22

고통의 가치, 가치의 고통

....
또 다른 나의 모습

마지막 용기를 냈던 7번째 이식에서 임신이 되었다. 임신, 출산
의 과정을 거치면서 나는 나의 난임을 잊어버렸다. 아니 정확하
게 말하면 기억하고 싶지 않았다. 완전히 지워버리고 싶었다는
것을 나중에 알아차렸다. 그래서 내 아이가 시험관을 해서 낳은
아이라는 것도 주위에서 몰랐으면 했다.

아이에게 집중하며 생소한 엄마로서의 삶을 우왕좌왕하며
오가고 있을 때, 지인을 통해 난임을 겪고 있는 사람이 있다며
도움을 요청해 왔다. 충분히 함께 하고 싶었다. 당시 아이가 너
무 어려 어렵게 자리를 마련했고 우리의 첫 만남이 시작되었다.

내담자의 첫 인상은 하얀 얼굴에 까맣고 긴 생머리가 잘 어울려 예뻤다. 하지만 예쁜 얼굴과 상대적이게 입술은 바짝 말라 있었고, 깊고 슬픈 눈빛이 보였다. 인사를 하고 자리에 앉는 그 눈빛과 마주하는 순간, 어느새 내 눈가도 촉촉해지는 것을 알아차린다. 상담사로서 새로운 경험이었다. '내가 아닌 또 다른 나'를 만나는 것 같았다. 대화를 나누는 시간이 지날수록 점차 내담자의 얼굴에 생기가 돌고 목소리가 커지는 것을 볼 수 있었다. 밝고 환하게 웃는 얼굴이 너무 예뻤다. 물을 가득 머금은 싱그러운 꽃 같았다. 이 모습이 진짜 내담자의 모습이 아닌가 싶었다. 한 번의 만남만을 생각하고 나갔던 나에게 정식 상담을 요청해 왔다. 이렇게 의도치 않게 나는 난임 상담을 하기 시작했다.

지금 이뤄가고 있는 것들에 나도 놀라울 따름이다. 그렇게 몸부림치며 고통과 아픔의 시간만을 보냈다고 생각했는데 어느덧 난임의 시간을 고스란히 느끼고 아파해 본, 먼저 그 길을 앞서 걸어가 본 사람이 되어 있었다. 하지만 그 길을 먼저 걸어가 본 사람으로서 같은 아픔을 겪고 있는 사람들에게 나는 어떠한 말도 섣불리 해줄 수가 없었다. 그냥 단지 함께 해주고 싶은 마음, 그 아픔 안에 같이 동참하며 곁을 내어주고 싶은 마음뿐이다.

그래서인지 상담이 끝나면 내담자에 대한 여운이 짙다. 예전의 나와 같은 고민들 속에서 어디로 가야 할지 몰라 갈팡질팡하는 모습, 비슷한 말들에 상처받고 아파하는 모습, 정말 임신이라는 것이 될 수 있을까 하는 막연한 두려움과 기대감들이 뒤엉켜 있는 모습들, 결국 이 모습들이 그 누구도 아닌 또 다른 나의 모습이라는 것을 알아차린다. 마음으로 꼭 안아준다. 괜찮다고. 지금 이대로도 충분히 빛나고 있다고……

23

결국은 나!

38세의 김미라 님(가명), 11번의 시험관 시술 그리고 3번의 유산으로 많은 아픔을 겪었다. 차수를 진행할 때마다 남편의 권유와 회유로 이번이 진짜 마지막이라고 약속을 하지만 미라님은 아직 그 약속을 지킬 수가 없다.

41세의 이른 나이에 결혼 한 정한나 님(가명), 결혼 생활 16년간 19번에 달하는 시술을 하며 아이를 기다렸다. 하지만 한나님은 이제 그 마음을 비워내며 준비하고 있다. 생물학적인 내 아이만이 아닌 또 다른 방법으로 내 아이를 맞을 준비를……

45세의 박지영 님(가명), 만혼이었기에 처음부터 아이에 대한 생각은 크게 할 수가 없었다. 하지만 노력은 해보자며 시험관에 임했고 부부가 약속한 회차만큼 진행하였다. 지금은 아이에 대한 결정에서 벗어나 각자의 일과 취미생활을 즐기고 있다.

"아이가 생길 거야."

"꼭 내가 낳은 아이가 아니어도 괜찮아."

"아이는 없어도 돼."

이 말들을 쓰면서도 마음이 아프다. 얼마나 많은 시행착오와 가슴 앓이를 하며 내게 된 결론들일지 차마 알 수가 없다.

상담을 하면서 알았다.

어느 누구도 자신의 삶에서 차선책을 선택하지 않는다는 것을, 최선의 선택들이 모여서 지금 여기까지 왔다는 것을. 그것을 알기에 그 어떤, 누구의 삶에도 왈가왈부할 수 없다. 어떤 삶을 살고, 어떤 선택을 하든지 그것은 그 당사자만 아는 것이고 그 사람의 특권이자 권리이다.

내담자들의 선택들도 그렇다. 처음부터 아이 없이 살기로 한 부부는 난임 부부가 아니다. 그 부부만의 존중받을 선택이다. 하지만 아이를 갖길 바라지만 뜻대로 되지 않는 난임 부부들이 있다. 누가 대신해 줄 수도 없는 부부만이 풀어나가야 할 공동과제, 어떻게 풀어나가야 할지는 부부 두 사람만의 영역이다.

아이를 기다리지만 적극적인 시술은 하지 않고 취미생활을 하며 둘만의 소소한 즐거움과 자유로움을 누리는 부부, 아이를 갖겠다며 20번이 넘는 시술을 하고 있는 부부, 이제는 가임기를 지나 부부만의 온전한 삶을 누리고 있는 부부, 그리고 결국 합의점을 찾지 못해 헤어지는 부부도 있다. 그렇게 제각각의 방식대로 삶을 살아간다. 그런 삶에 과연 정답이라는 것이 있을까?

내가 가장 좋아하는 말이 있다. '그럴 수도 있지~' 이 말에는 그 사람의 상황, 선택 등 모든 것을 받아들이고 인정해 준다는 의미가 있는 것 같다. 나의 작은 잣대로 상대방을 판단하고 비난하고 조언하고 평가하는 것이 아니라 그 사람 그대로 받아들일 수 있는 열린 마음의 시작인 것 같다. '그럴 수도 있지~', '그럴만한 이유가 있겠지~', '그게 왜?' 절대 내 생각과 잣대를 들이밀 수가 없다. 다들 그만의 이야기들이 있고, 다 그럴만한 이유가 있는 것이다. 다만 내가, 우리가 속속들이 알지 못할 뿐이다.

임신, 누군가에게는 가장 쉬운 일이지만 난임 여성들에게는 가장 어려운 일이 되어 인생과제로 주어진다. 그 과제를 받게 되면 어떻게든 풀어보고자 고심한다. 아이를 가져야 하는 이유보다 아이를 갖지 말아야 하는 이유가 더 많은 이 시대임에도 불구하고 결국 아이를 갖겠다고 선택한다. 그렇게 시험관 시술에 뛰어들게 되는 것이다. 한참 사회에서 커리어를 쌓아가며 어쩌면 가장 화려하고 예쁠 시기의 난임 여성들이다. 그러나 그들은 또 다른 벽 앞에 홀로 설 수밖에 없다. 임신이 되어 나의 일을 잠시 내려놓는다면 하나를 가졌기에 어찌 보면 더 쉽게 내려놓을 수 있다. 하지만 난임 여성들은 하나도 없는 상태에서 둘 다 내려놓을 수밖에 없는 상황인 경우가 많다. 자연스럽게 생기지도 않는 아이를 갖겠다고 스스로 선택하고 결국 일도 내려놓을 수밖에 없게 되는 것이다. '여자인 나' 그리고 '엄마가 되고 싶은 나' 사이의 어정쩡한 포지션을 스스로 선택한다는 것 자체만으로도 대단하고 많은 용기가 필요한 일이다.

그렇게 용기를 냈고 임신의 문 앞에 서서 그 문이 열리기만을 손꼽아 기다리는 여성들이 많이 있다. 기다림의 과정이 결코 평화롭지 않다. 하지만 자기의 자리를 지키며 최선을 다하고 있는 당신임을 기억했으면 좋겠다. 당신은 이미 그 존재 자체로 충분하고 빛나는 존재이기 때문이다.

나는 나의 일을 하고

너는 너의 일을 하고.

나는 너의 기대에 부응하기 위해

이 세상에 있는 것이 아니다.

너는 나의 기대에 따르기 위해

이 세상에 존재하는 것이 아니다.

너는 너

나는 나.

만약 우연히 우리가 서로를 발견하게 된다면

그것은 아름다운 일.

만약 서로 만나지 못한다고 해도

그것은 어쩔 수 없는 일.

프리츠 펄스의 게슈탈트 기도문

독백

....
난임과 작별하다

임신이 된 후 난임, 너를 다시 기억하고 싶지 않았어. 지나온 과
거의 일로 그냥 묻어두면 된다고만 생각했던 것 같아. 그런데
묻어둔다고 묻어지는 것이 아니었어.

　기억하지? 아이 엄마들과의 대화 중에 내 입에서 네가 불쑥
튀어나온 날, 스스로 얼마나 놀라고 당황했던지……. 그런데 그
날 이후였던 것 같아. 잊고 지냈던 네가 생각나고 다른 사람들
의 난임 이야기가 들리기 시작한 것이……. 그런 너의 갑작스러
운 방문 덕분에 우리의 지난 여정을 함께 수면 위로 띄울 수 있
었어.

　하지만 솔직히 너와 함께 한 시간들이 아프고 괴로웠어. 너

도 알고 있었잖아? 그렇지만 그 시간들을 되짚어 보며 알게 되었어. 나 자신을 사랑하고 돌볼 수 있었고, 사랑하는 가족들과 소중한 사람들의 존재 자체에 감사할 수 있었어. 그리고 새로운 상담의 길을 걸어갈 수 있는 용기까지 얻었어. 마치 레오 버스카글리아가 쓴 《살며 사랑하며 배우며》의 책 제목처럼 말이야.

맞아. 고맙기는 해. 그렇지만 감동적이게 고맙지는 않아. 그냥 너의 존재를 내 삶의 한 부분으로 인정하고 받아들일 수 있는 정도인 것 같아.

스스로에게 물어봤어. 지금 나에게 네가 어떻게 느껴지는지. 예전의 너는 도저히 빠져나갈 수 없는 미로 같고, 터널 같았다면 음······. 지금은 그냥 내 배에 남아 있는 수술자국 같은 흔적 같아. 이미 지나가 버린 과거의 아픔이 되었지만 나의 몸에, 기억에 깊게 새겨져 버린 흔적. 그 흔적으로 지금의 내가 있는 거겠지?

나도 모르게 한숨이 올라오네. 이젠 진짜 너와 헤어져야 할 때가 된 것 같아. 네가 남겨준 것들을 가지고 더 풍성하게 내 길을 걸어가 볼게.

이젠 진짜 안녕~

에필로그

·······················
뒤돌아보는 난임의 숲

8년간의 기다림. 4년간의 난임 시술.

마음의 파장만이 일었던 기다림에서 행동의 파장을 일으킬 수 있었던 것은 아이를 갖고 싶다는 욕구 알아차림에서 시작되었습니다. 내 욕구와 감정을 알아차리다 보니 자발성이라는 녀석이 따라올 수밖에 없었습니다. 그동안은 마치 하이데거*가 말한 것처럼 세상에 그냥 내던져진 피투(사실)적인 존재였다면 이제는 내가 나 스스로를 세상 속으로 다시 던져 보는 기투(실존)적인 존재가 되고 싶었습니다. 내 의지와 상관없이 세상에 내던져

---

* Martin Heidegger, 독일의 실존철학자.

진 채 삶에 순응하는 존재가 아닌, 세상 속으로 나를 다시 던져 보고 싶었습니다. 그렇게 내 삶의 주도권을 서서히 잡기 시작했습니다.

한때 무척 고단하고 피곤했던 암흑기가 있었습니다. 주어진 상황과 환경을 탓하며 원망과 불평으로 가득 차 있었습니다. '나는 이 세상에 왜 태어났을까? 내가 원하지도 않았는데 차라리 태어나지 않았다면 좋았을 텐데. 난 왜 태어난 걸까?' 이런 생각으로 나를 까맣게 채우던 어느 날, 내면에서 한 울림이 떠올랐습니다. '사랑의 결실이니깐……'

사랑의 결실? 내가?

그 마음의 울림은 잔잔하게 떠올라 마음 전체로 퍼져나갔고 또 하나의 알아차림을 할 수 있었습니다. 너무나도 당연해 의식하지 않고 살았지만, 나는 이 세상에 나를 태어나게 해주신 엄마, 아빠의 사랑의 결실이었던 것입니다.

그리고 그 내면의 울림은 또 하나의 물음을 제게 던졌습니다. '만약 네 아이가 엄마인 너한테 자기를 왜 낳았냐고 묻는다면 마음이 어떨 것 같아?' 그 물음을 듣는 순간 당혹스러움과 함께 싸하게 퍼지는 마음의 통증이 느껴졌습니다. 다른 대답을 해주고 싶은데……. 결국은 나도 내 아이에게 엄마와 아빠의 사랑이라는 말밖에는 해줄 말이 없을 것 같았습니다.

　우리 모두는 그런 존재인 것 같습니다. 지금 처한 상황은 다르지만 이 세상에 사랑의 결실로 태어났고 또 대를 이어가는 사랑을 하면서 그렇게 각자의 삶을 살아갑니다. 현재 주어진 각기 다른 삶의 무게를 지닌 채 자기의 자리를 지키며 걸어가는 길이 결국은 나의 삶이 되는 것 같습니다. 어느 노래 가사처럼 '걸어갈 때 길이 되고 살아갈 때 삶이 되는 것'처럼 말입니다. 그 길이 나에게, 당신에게 정답이고 삶 그 자체라고 생각합니다. 나의 삶도, 당신의 삶도 그 자체로 소중하고 빛나고 있습니다. 오늘도 그 삶의 길에 서 있는 우리 모두는 사랑의 결실임을 믿습니다.

감사의 말씀

이 책이 나올 수 있도록 기꺼이 상담사례 공유에 동의해 주신 내담자분들께 깊은 감사의 인사를 전합니다.

저의 상담기반을 탄탄하게 만들어 주신 교수님들께도 진심으로 감사드립니다. 특히, 삶으로 해결중심 상담의 철학을 몸소 실천하시며 제자들에게 아낌없는 사랑과 열정을 부어주시는 저의 영원한 슈퍼바이저이자 지도교수님이신 어주경 교수님, 게슈탈트심리상담의 대가이시며 저의 미해결과제를 알아차리고 실험할 수 있도록 적극적인 지지를 아끼지 않으셨던 김정규 교수님. 게슈탈트 심리상담을 처음 접하게 해주셨던 김영기 교수님, 슈퍼비전을 통해 많은 알아차림을 할 수 있게 해주신 이영이 교수님께 머리 숙여 감사를 드립니다. 그리고 함께 연구와 공부를 할 수 있었던 선생님들과 동료 그리고 친구들에게도 감사의 인사를 전합니다.

항상 곁에서 아낌없는 격려와 지지를 해준 남편, 시누이 그리고 사랑하는 부모님과 언니와 동생에게 감사 인사를 전합니다. 특히 병상 중에서도 이 책이 나오기만을 고대하고 있는 엄마에게 깊은 감사와 사랑의 마음을 드립니다.

마지막으로 내 딸 서아에게

서아야~

언제가 네가 이 책을 읽을 날이 오겠지?

그때가 되면 이것 하나만 기억해 주렴.

너는 엄마와 아빠의 사랑 그 자체라는 것을…….

사랑한다.

영원히!

이제는 나도
엄마가 되고 싶어

초판 1쇄 인쇄일	2022년 02월 18일
초판 1쇄 발행일	2022년 03월 02일

지은이	윤은주
발행인	이지연
주간	이미숙
책임편집	이정원
책임디자인	이경진
	권지은
책임마케팅	이운섭
경영지원	이지연

발행처	㈜홍익출판미디어그룹
출판등록번호	제 2020-000332 호
출판등록	2020년 12월 07일
주소	서울시 마포구 독막로18길 12, 2층(상수동)
대표전화	02-323-0421
팩스	02-337-0569
메일	editor@hongikbooks.com

제작처	갑우문화사

ISBN   979-11-9142-070-8 (03810)